文芸社セレクション

黒白《こくびゃく》の時

池田 孝一

IKEDA Koichi

文芸社

目次

この物語は2017年12月に執筆された、一部フィクションを含む小説であり、実際の競馬の歴史や事象と必ずしも一致しない箇所がございます。

序章　誕生

満天の星の寒い夜だった。吐く息は白く漂う間もなくすぐさま凍りついてしまうほどだが、星明かりに照らされて白く広がる北の大地のその光景は、意外にも何故か暖かみさえ感じられた。

夜が明けるにはまだ一、二時間はあるというのに、ここ日高浦河あたりの牧場の殆どの厩舎には明かりが灯り、今か今かと仔馬である〝とねっこ〟の誕生を心待ちにしていた。なかでも浦河地区は、競馬界の重鎮といわれる〝ノースポイントファーム〟を有し、日高浦河地区を競走馬銀座と言わしめるまでに数々の実績を生みだし、今や押すに押されぬトップブリーダーとなった。

このノースポイントファームでも他に違わず、今夜1頭の仔馬の誕生を迎えようとしていた。他の牧場のそれと違うのは、この仔馬、生まれてくる前から既に8億円超の値が付けられるほどの超良血馬という事だ。何故ならば、この仔馬を生む母馬は、6つのGI勝ちを含む10戦全勝で引退した日本の競馬界きっての名牝〝ヒミコ〟だからである。加えて、父は今最も世界が注目する種牡馬〝ブルーサンダー〟なのだ。それ故、その名牝が産む初仔の誕生には当然マスコミが騒ぎ立て、百年に1頭現れるか否かの将来の3冠馬の誕生という大イベントを心待ちにしていた。

一方、浦河のすぐ隣町である日高でも、何件かのファームで出産ラッシュを迎えていた。満月を迎えようとしている時期なので、この時期の出産ラッシュは決して珍しい事ではないが、今日は4年に一度の2月29日。その4年に一度の日に、奇しくもヒミコが産む仔馬と同じ日に生まれるというだけで、少しでもヒミコにあやかりたいと、人間の方が自然と力が入るのも無理はない。特に、こちら日高の栄光ファームでは、実績も名もない母馬ではあるが、ヒミコが産む仔馬と同じブルーサンダーを父に生まれてくる仔馬に掛ける期待はいかばかりか知れない。高い種付け料を払って走らない馬が生まれてくれれば死活問題だ。とはいえ、種付け料の安い種牡馬《しゅぼば》では余程の幸運が重ならなければ走る馬は期待できない。折角高い種付け料を払うのなら、走る馬を出す確率の高い〝種〟にしたいと考えるのは世の道理だ。同様に、〝畑〟の方に関しても同様の事がいえる。良い畑である繁殖牝馬を手に入れるのもそれ相応の金がかかる。ならば、競走実績は無くても、父系に良血を持つ母馬を手に入れて、そのDNAに期待しようという理論が王道覇道を闊歩《かっぽ》する。そういった意味では、競走馬の生産も一種のギャンブルの様なものである。走るか走らないかわからない馬に何千万もの大金を掛ける。それでいて走ればいいが、走らなければキロ幾らの馬肉にもならない。何億も掛けて競り落とした馬が骨折でもしようものなら一瞬にして産業廃棄物だ。しかし、競走馬にはそれだけの金と期待を掛ける価値と夢がある。〝馬は血で走る〟と言うくらい競走馬は血統が全てだ。生産者自身の信じた配合がGIを獲る様な事になれば、金銭だけではなく、名誉さえも手に入れる事が出来る。ブリーダーが夢中になる所以《ゆえん》である。

夜が明けようかという時、ノースポイントファームではひときわ大きな歓声が上がった。ヒミコの初仔が生まれたのだ。世紀の超良血と称えられるその仔馬は、真っ黒な青毛の、既に貫録を兼ね備えたバランスの良い牡馬だった。

母のヒミコは、新馬勝ち後、2歳牝馬GⅠ、3歳牝馬3冠、古馬混合GⅠのエリザベス女王杯、そして引退レースの有馬記念を3歳で制したGⅠ6勝、3冠前哨戦である桜花賞トライアル・GⅢチューリップ賞や、オークストライアル・GⅡフローラSなど計10戦して10勝、内重賞勝ち9勝の超名牝だ。加えて父は皐月賞、日本ダービー、菊花賞の3冠に加え、ジャパンカップと有馬記念をも制した、5年連続リーディングサイアーのブルーサンダーである。理論上では、この血統で走らない訳がないのだ。結果は蓋を開けてみなければわからないが、世紀の良血馬誕生でマスコミが騒ぎ立てるのも無理はないのである。

一方、時を同じくして日高の栄光ファームでも無事1頭の仔馬が生まれた。無名の母馬から生まれたこの仔馬は、しかし、父はヒミコが産んだ仔馬と同じブルーサンダーだ。なけなしの大金をはたいて種付けをしたその期待度が窺えるのだが、生まれてきた仔馬は、残念ながらヒミコのそれとはかなりかけ離れた、少しトモの薄い芦毛の小さな牡馬だった。期待に胸膨らませていた牧場のスタッフのため息交じりに肩を落とした姿は見るのもはばかれるほどだが、なけなしの大金をはたいて種付けした、これでもこの牧場の夢なのだ。かの有名な芦毛の怪物〝オグリキャップ〟も、生まれた時は前肢が不自然に曲がっており、とても走るとは思えなかったという。しかし、成長するにつれてみるみる別馬になっていき、3歳にして古馬を蹴散らし、挙句の果てには中央競馬最大の祭典〝有馬記念〟の優勝で有終の美を飾る伝説の名馬になった。後がない栄光ファームの行く末をブルーサンダーの仔で起死回生を図りたいと、牧場のスタッフは一様に思っているのだろうが、オグリキャップの様な旨い話はそうそうあるものではない。そういった意味では、馬を生産するのもギャンブル、馬を買うのもギャンブル、そして馬券を買うのもギャンブルなのだ。それ故、人は馬の競走に夢中になれるのかもしれない。しかし、この馬の競走によるギャンブルを、ある人はスポーツだと言う。はたまた夢だと言う。挙句《あげく》の果てには、感動のドラマだと豪語する人さえいる。そう、人は弱いものには見向きもしない。強いものこそ人を動かせるのだ。百年に1頭現るか否かという超良血ヒミコの仔馬であろうが、名もない母馬から生まれたあの芦毛の仔馬であろうが、彼らが本当に走るのか走らないのかは、全て2年後のデビュー戦を終えるまでは誰にも分らないのである。この同日同時刻に生まれた黒と白の2頭の仔馬が、このあと想像もつかないほど数奇な運命を辿る事になろうとは、この時誰が想像しただろうか。百年に1頭しか生まれてこない筈の名馬が奇しくも同世代に2頭生まれてきてしまった悲劇と壮絶な運命の物語が、今始まったのである。

第一章　衝撃のデビュー

世紀の誕生から2年が経った２０１８年の春。ヒミコの初仔は順調に成長し、人間でいえばまだ中学生くらいだというのに既に大物感が漂っていた。生産者のノースポイントファームがそのまま馬主になり、名前も黒光りする馬体にちなんで〝ブラッキーサン〟黒い太陽と命名された。デビューに向けて日々追われる調教では、既に異次元のタイムを叩き出し、日に日に怪物としての頭角を現し始めていた。

ところが、いよいよデビュー戦が見えてきたと思えた5月の東京開催だったが、快速馬の宿命とも言うべき、左前脚に管骨骨膜炎《かんこつこつまくえん》、いわゆる〝ソエ〟を発症し、デビューは夏の北海道開催まで延期せざるを得なくなった。ソエは若駒には付き物で特に成長過程で発症しやすい。骨の成長が馬体重の増加や強い調教についていけず、第3中手骨前面に負担がかかり炎症を起こす。ある意味走る馬の証明でもあるが、大事を取らないと取り返しのつかない事態になりかねない。世紀のデビューを楽しみにしていた東京のファンたちだったが、思わぬ出来事に北海道行きのために早目の夏休みをとらされる羽目になってしまった。

一頓挫あったブラッキーサンのデビューだが、万全には万全を期して、6月から7月にかけて開催される函館開催をも見送り、次に開催される札幌でデビューする事となった。この札幌最終週に行われる2歳馬の祭典、札幌2歳ステークス（GⅢ）は、ジャングルポケットなど過去に2頭のダービー馬を輩出し、大種牡馬アドマイヤムーンもこのレースの優勝馬に名を連ねるゲンの良いレースだ。先ずはこのレースの優勝馬に名を連ねることを、ブラッキーサンは目標に定めていた。

２０１８年7月28日土曜日。梅雨のない北海道といわれる様に、ここ札幌競馬場は今日も雲一つない快晴につつまれていた。いつもと違うのは、今日の札幌競馬場には、いつになく多くのファンが押し寄せ、競馬場の何処もかしこもが人でごった返している事だ。それもそのはず、今日の第5レース、今年の札幌競馬最初の新馬戦に、待ちに待ったブラッキーサンがデビューを果たすからだ。競馬ファンなら、この世紀の怪物がどの様な走りをするのか、どの様な勝ち方をするのか興味を持たない者などいない。ここ数カ月のデビュー前追切りでの評価は、過去に類を見ないほど異次元ともいえるタイムの連発で、早々に3冠馬誕生間違いなしと、派手に毎日のスポーツ紙の一面を賑わせていた。そのせいもあってか、一生に一度しか出走できないこの新馬戦は、ブラッキーサンに勝負を挑もうなどという無謀な素質馬は皆無だった。デビュー戦の新馬戦を勝ち上がるのと、何戦か戦い続けて未勝利戦を勝ちあがるかでは、やはり競走馬としての〝格〟が違う。加えて、新馬戦を勝つという事は、2歳馬の祭典である札幌2歳ステークスへの出走権がほぼ手中に収められるので大きなアドバンテージとなっている。結局、下馬評の高い素質馬は、全てブラッキーサンの出走する新馬戦を回避し他の新馬戦に回った。従って、ブラッキーサンの出走する新馬戦に集まってきたのは、名より実を取りたい馬たちばかりだった。つまりはブラッキーサンの新馬勝ちは益々現実味が増し、新馬戦としては珍しい単勝1・1倍という圧倒的な人気となっていたのである。

しかし、世間がブラッキーサンのデビューで湧いているというのに、騎手控室で冷めた顔で一人その様子をモニターで見ている一人の騎手が居た。この男、名前は岸田。今年でもう五十歳になる。岸田は、今でこそリーディングジョッキーなどと言うタイトルには無縁の騎手だが、これでも若い頃は、天才という称号を縦《ほしいまま》にした、将来を期待された名手だった。岸田を有名にしたのは、全く人気の無い馬で、大金星を挙げた幾つかの大レースだった。その一つは、ある年の秋の天皇賞、前年のダービー馬をはじめ、名だたる有力牡馬が出走する中、近走二桁着順を続けていたある牝馬で出走したレースだった。差し追い込み型の有力馬がひしめき合うレースなのを逆手に、岸田は有力馬同士がけん制し合うと読み、大逃げに打って出たのだ。もともと逃げが得意の牝馬だったが、特段頭抜けた逃げ脚を持つわけでもなく、いつも4コーナーで捕まり馬群にのまれるパターンだったが、岸田は彼女が一人旅で気持ちよく逃げられればかなりの粘り腰を発揮することを、何度か跨ったレースで感じ取っていたのだ。岸田の読みは見事に嵌《はま》った。誰もが、２０００メートルという長丁場で、それも近走二桁着順を重ねる牝馬が逃げ切れるはずがないと相手にしなかったのだ。ところが、後続に約80メートルの差をつけたまま第4コーナーに差し掛かった時、後続の有力牡馬は誰もが〝やられた！〟と慌てたのである。岸田は、まんまと逃げ切り、単勝、枠連共に超大穴万馬券を演出したのだ。更には、ある年の目黒記念では、黒い馬体ながらも最後方から一気に全馬をごぼう抜きする脚質から〝黒い閃光〟と異名を取った老いて成績が振るわなくなった往年の名馬の引退レースで、逃げ先行馬が揃っていることにかこつけ、最後の直線では先行グループがバテて上がりが掛かると踏み、スタートから最終コーナーまで最後方で死んだ振りをして、最後の直線だけで全馬17頭をごぼう抜きにして見事有終の美を飾らせた事もあった。その他にも、岸田は人気薄の騎乗馬で世間を〝あっ！〟と言わせる下剋上的なレースを数々演じ、次第に天才騎手として崇《あが》められるようになっていったのである。ところが二十数年前、ある落馬事故をきっかけにとんとその鳴りは潜んでしまっていた。それでも稀に人気薄で大穴をあける、天才としての片鱗を見せる事が今でもあった。そしてその手法は決まって最後方から一気に追い込んでくるという胸のすく様な騎乗で、その騎乗スタイルは穴党のみならず、結構多くのファンを魅了していた。

　岸田が人気者である理由はそれだけではなかった。岸田が所属する厩舎は無名な為、強い馬が入厩してくる事は殆どなかった。よって、騎乗馬は大抵、出走手当が目当てで入着賞金すらも銜《くわ》えることができない駄馬が殆どだ。ところが岸田は、どんなレースでも、どんな人気の無い馬でも一様に掲示板に入着させる事に他のどの騎手よりも長《た》けていた。毎回毎回そう上手くいくものではなかったが、そこそこの実力馬ならかなりの確率で、また、成績が振るわない駄馬でも賞金が得られる４、５着に走らせるのが上手く、走らない馬を掴んでしまった馬主たちからは〝ミスター掲示板〟と異名を取って慕われていた。そんな４、５着専門のジョッキー故に、到底ブラッキーサンの様な強い有力馬への騎乗とは無縁で、たまたまブラッキーサンのデビュー戦に騎乗する馬もなく、一人控室で高みの見物だったのである。

　ブラッキーサンが本馬場に出て返し馬に入ったころ、岸田の居る控室のドアを叩く音がした。入ってきたのは、岸田が翌日曜日の第６レースに組まれた新馬戦で騎乗する、エーコーホワイティを管理し、また、岸田の所属する厩舎でもある調教師の高梨だった。このエーコーホワイティ、ブラッキーサンと同日同時刻に栄光ファームで生まれた、あの貧相な芦毛の馬なのである。結局この馬、競走馬のセレクトセールでは買い手が付かず、生産者の栄光ファームがそのまま馬主となって、牧場の冠名を取ってエーコーホワイティと名付けられた。ブラッキーサンと同日同時刻に生まれたエーコーホワイティだが、片や連日スポーツ紙をにぎわす大物に対し、正直、こちらは何とかデビューに漕ぎ着けられたという話題にもならない存在だった。しかし、それでもまだエーコーホワイティはマシな方なのだ。何はともあれ、賞金の高いＪＲＡの舞台にデビューする事ができたからだ。世の中の競走馬には、ＪＲＡでデビューできずに、賞金の低い地方競馬で走らざるを得なくなった馬の方が圧倒的に多い。ＪＲＡと地方競馬との差とは、それは賞金もレベルも天と地ほど違う。例えて言えばプロ野球の1軍と2軍、場合によっては、1軍と少年野球くらいの差があると言わざるを得ない。そういった意味では、エーコーホワイティもひとまずは一流の仲間入りを果たしたと言うべきなのだ。しかし、足元の不安と完成度の違いからブラッキーサンのデビュー戦である芝コースのレースよりも、足元に負担のかからない砂のコースであるダート戦の方が良かれと判断され、開催2日目である明日のダート１７００メートルの新馬戦でデビューする事になっていた。

芝のレースにせよダートのレースにせよ、デビューした2歳馬にとっての札幌の祭典である札幌2歳ステークス（GⅢ）に駒を進めるためには、とにかく1勝しなければばならない。レースに出走する為には、未勝利戦以外のレースでは全て獲得した賞金額順に出走権が与えられるので、未勝利馬では賞金が無いため出走除外となる可能性が極めて高い。従って、限られた期間内に、新馬戦か未勝利戦になんとか勝って未勝利クラスを脱しなければならない。年間約7000頭生まれてくる競走馬の中で、1勝もできずに消えていく馬はごまんといる。それだけJRAで1勝をあげるという事は並大抵ではないのだ。ブラッキーサンの様に勝って当たり前の馬ならまだしも、そうでない馬にとっては、2歳馬の祭典どころか、先ず目先の1勝を挙げる事の方が何よりも大事なのである。

「ほお、ドンさんもブラッキーサンに興味がおありかい。」高梨はそう言いながら煙草に火をつけた。

ドンさんとは岸田の愛称である。騎手仲間では年長なのでそう呼ばれているが、一部の若手からは〝ドン臭い〟のドンさんとも揶揄《やゆ》されていた。

「なぁに、所詮俺には関係の無い世界ですよ。ただ、これだけ世間を騒がせている馬ですから、大ゴケでもしたら面白いなと思いましてね。」そう言うと岸田も煙草に火をつけた。

「そんな番狂わせは絶対に起こらないさ。それはお前さんが一番わかってるんじゃないのか？」高梨はそう言うと苦笑した。

「勿論、わかってますよ。万が一の落馬でもない限りはね。」岸田はそう言うと、テーブルに足を投げ出して椅子に踏ん反り返った。

「その万が一もあり得ないさ。何せ、鞍上は今を時めく天才早見だからな。」

「俺はそれが一番気に入らねぇんですよ。」

岸田の言う意味を高梨は理解していた。良い馬には良い騎手が乗れる。最も、勝たなければならない馬には当然の権利かもしれない。今日、ブラッキーサンが勝つという事は、当事者にとっては勿論、競馬界にとっても必ずや成し遂げなければならない大命題なのだ。

「明日の1面はブラッキーサンのレコードデビューの見出しで決まりだろうが、月曜日の1面にうちのホワイティの文字が躍る事は有り得んかね？」エーコーホワイティの事である。

「あり得ませんね。入厩以来の調教を見ればそれは先生が一番わかっている事じゃないですか。」

「そこを、何とかお前さんの得意技でさ。」

「勘弁してくださいよ。仮にそうなったとしても、1面を飾るのはホワイティじゃなくてこの俺ですよ。〟ミスター掲示板、約2年ぶりの勝利！〟ってね。」

「違ぇねえや。」高梨がそう言って笑うと、岸田も自分の事ながら苦笑した。

高梨と岸田がホワイティのデビュー勝ちなどという半ば夢物語を交わしているうちに、札幌第5レース芝1800メートル新馬戦のゲートが開いた。あらゆる夢を託されたフルゲート14頭が、それを成就するために我武者羅《がむしゃら》にゲートを飛び出していく。しかし、持っている馬は何もかも持っているものだ。1枠1番に入ったブラッキーサンはポーンとゲートを飛び出すと、馬なりでみるみる後続を突き放し、向こう正面では2番手以降に約15馬身の大差を付ける一人旅になった。これでは岸田の様に、まさかの大番狂わせを期待した誰もが、わずかな可能性の幻を描いた自分を恥じなければならなくなるのは明白だった。

結局、1分45秒5という走破タイムでブラッキーサンはゴールした。2着の馬と25馬身という着差も特筆ものだが、平成18年にナムラマースが叩き出した1分48秒4の2歳レコードは勿論、キャトルフィーユの持つ古馬のレコードタイムである1分45秒7をも凌ぐあり得ないタイムに場内は騒然となった。正に、百年に1頭現るか否かの名馬誕生に相応しい、衝撃的なデビューとなったのである。

「わかっていたとはいえ、目の当たりにしてみると末恐ろしい瞬間に出くわしたって感じだな。」高梨がため息交じりにそう言った。

「まぁ、せいぜい頑張ってもらいましょうよ。百年に1頭出るか出ないかの馬なんだ。何もかも派手にやってもらわなきゃ。キタサンブラックが引退した今の競馬界には華がないですからね。」岸田は吐き捨てる様にそう言うと煙草の火をもみ消した。

「それより現実問題は明日のホワイティだ。何とかならんか？」

「ですから、何度も言いますがなりませんよ。俺の頭の中じゃ未勝利戦を何回戦えるかなって算段してたとこです。」

　未勝利戦なら、ある時期までなら何戦でも勝つまで出走する事が出来るからだ。

「それが現実か…」

「はい。オグリキャップみたいなうまい話は、そうそうあるもんじゃないって事ですよ。」

　岸田は、物事全てに対して冷めた様に、また自身を見下した様に言うが、高梨は岸田の腕を多少は買っていた。最後の直線で後方一気にまくるワンパターンの騎乗スタイルだが、直線で見せ場を作り、〝もしかしたら…〟と穴党ファンをワクワクさせるその騎乗は、多くの競馬ファンを楽しませていた。しかし、明日はその騎乗スタイルが生かしづらいダート戦だ。いくら掲示板に持ってくる名人とはいえ、足抜きの悪い乾いたダートではそう追い込みも効かない。せめて雨でも降って走りやすい馬場にでもなってくれれば色気も出るのだが、そうなればそうなったで、今度は治りかけのソエの再発が心配である。そんな明日のレースを妄想していた岸田だが、ふと首を横に振りながら苦笑した。

〝走るか走らないかわからない馬の心配しても時間の無駄か。それより…〟

岸田はそう思うと、明日騎乗する馬をざっと見回し、捕らぬ狸の皮算用を始めた。それにしてもこの差は一体何なんだと毎度の事ながら岸田は思っていた。一日一生懸命に駄馬を操って、岸田は何とか日に10万円前後の騎乗報酬を得るのがやっとだった。しかし、重賞レースに勝てば、ひと鞍で300万円も、1着賞金3億円のGIなら1500万円もの大金が一瞬にして転がり込んでくる。それはわかっていたが、岸田には一生そんな騎乗依頼は来ない事もわかっていたのである。

翌29日日曜日。爽やかな晴れ晴れとした朝を迎える、はずだったが、晴れの予報に反して今日は珍しく雨になった。梅雨のない北海道とはいえ、全く雨が降らない地中海式気候とは違う。天気ばかりはどうにもならないハザードなのだ。しかし、レースには出る馬にとっては、雨が降っているかいないかでは大きな違いなのだ。レースには芝のコースと砂が敷き詰められたダートコースの二つがあり、馬は血統やタイプ、蹄《ひづめ》の形によって、芝向きかダート向きかに分けられる。つまり、その馬の適性に合ったレース番組を狙って出走してくるのだ。しかし、同じ芝のコースでも、雨天時の芝と晴天時の芝とでは雲泥の差なのである。スピードタイプの馬ならパンパンに乾いた芝が得意だろうし雨でぐちゃぐちゃになった重い芝では持ち味が生かせない。一方、スピードに乏しいがとにかく馬力だけはピカ一という馬力型なら、乾いた砂のいわゆる足抜きの悪いダートが得意のはずだ。しかし、雨が降ると砂が締まり、足抜きが良くなるので走りやすくなる。つまり芝とダートでは雨が降ると形勢が逆転するのだ。そういった意味では、今日の雨は思惑を外される馬もいれば、ほくそ笑んでいる馬もいるという訳だ。それ故、競馬は人気通りに決まらない。最低人気の馬が並み居る強豪を蹴散らして優勝してしまう事も珍しくはないのである。

実は、こんな日は岸田にとっては稼ぎ時でもあった。勝つ事を使命とされた本命馬に滅多に乗る事のない岸田は、騎乗馬を5着以内に持ってこなければ、1レースでたった2万6000円の騎乗手当しか手にできない。ところが、5着以内に入着させられれば獲得した賞金の5％が更に騎乗報酬として入ってくるのだ。まともに渡り合っては好走が見込めない馬でも、この様な天気の日は結構予期せぬ好走が期待できて、思わぬ小遣い稼ぎが出来るのも稀ではなかった。

案の定、今日の岸田は絶好調だった。といっても、5レースを終えて1着無し、2着も無し、おまけに3着も無い。ただし、第1レースから第5レースまで全て掲示板に滑り込み、まさに〝ミスター掲示板〟を地で行っていた。たった今も、第5レースを人気薄で5着に入線しスタンド前へ戻ってきたところだった。

「おいっ、岸田！　どうせなら3着とかに来てみろ！　4着、5着じゃ、俺たちは一銭にもなりゃしねんだよ、この役立たず！」

観客の一人が検量室に向かう岸田にスタンドからそう怒鳴った。勿論、岸田はこんな聞き慣れたヤジには見向きもしない。しないがやはり内心は穏やかではない。確かに、今日4着、5着になった騎乗馬を3着に持ってさえこられれば、複勝、ワイド、3連複、更には3連単馬券の対象となり、これらの馬券を買ったファンはこの後すきので大豪遊間違いなしの超大穴馬券のビンゴとなる。何せ、岸田の乗る馬は殆どが人気薄だからだ。

〝冗談じゃねぇや。誰がてめえらの豪遊する金のために走るかってんだ。こちとら毎レース毎レース命かけて走ってんだ。馬券握り締めて罵声浴びせてるだけのてめえらとは訳が違うんだよ！〟

岸田は、いつも心の中でそう叫ぶ。ただし声に出しては言えない。競馬だって馬券を買ってくれるファンあってのものだ。

岸田は、急いで勝負服を着替え、直ぐさま次の第6レース新馬戦に騎乗するホワイティが周回するパドックに向かった。札幌競馬第2日目第6レースダート1700メートルフルゲート14頭立ての新馬戦だ。ダート向きの2歳デビュー馬が揃う一戦である。あいにく今朝からの雨で馬場状態は〝重〟。走り易くなったダートコースはパワーよりもスピードがものを言う。スピード不足の否めない力馬タイプの出走各馬の陣営は当てが外れてがっかりするもそれはどの馬も同じだ。ホワイティもそれに違わず、高梨は完治寸前のソエを、雨でクッションの失われた馬場でぶり返さないかを気にかけていた。

「ドンさん、ホワイティの人気は12番人気だ。今日の馬場は当てが外れたし、まぁ、次につながるレースに徹してくれ。」高梨は、そう岸田に無理しない様に言った。

「もとよりそのつもりです。ここ2、3戦は、先ずは競馬を覚えさせなければ。ただ、血統的には芝向きだと思いますんで、ソエさえ気にしなければもしかしたら今日の雨は恵みの雨になるかもしれませんね。」

「おいおい、あまり期待させるなよ。今日のところは適性を確かめてくれればいいんだから。」

「わかってますって。」そう言うと岸田は何度も頷いた。

騎乗合図が掛かると、各馬はパドックから本馬場に向かった。花道を進みダートコースの本馬場に出て返し馬に入ったが、岸田は心配していたホワイティの右前のソエの状態はそう悪くはないと感じていた。調教では時折り痛がるそぶりを見せていたが、今はそんな素振りは見せていない。寧ろ、初めての観客や景色に、普通なら物見をして落ち着かない若駒が多いのだが、ホワイティは物見もせず堂々とキャンターを踏んでいた。

岸田が返し馬を終えようとすると、すぐ横をこのレースの大本命であるブリーズベールが早見を背に、まるで〝お前なんか眼中にない〟とでも言わんばかりに通り過ぎていった。

〝けっ、胸くそ悪いぜ。〟

岸田は心の中でそう吐き捨てたが、それとは裏腹にブリーズベールの素晴らしい馬体に、レース前ではあるが既にため息をついていた。それは岸田だけではない。このレースに出走する他の12頭の騎手もみな同じ印象を持っていた。若駒の力関係は古馬《こば》と違ってはっきりしている。調教で走れば本番でも走る。余程のアクシデントが無い限り好調教の馬が強い。故に、若駒のレースは人気サイドで決まる事が多く、1番人気が掲示板を外す事は稀なのだ。岸田も、早見には負けたくはなかったが、こればかりは仕方がない。先ずは、ホワイティが怪我をしない様に回ってくる事が大事だと割り切った。

ファンファーレが鳴り、各馬がゲートに入り始めた。人気のブリーズベールは大外14番、一番最後の枠入りだ。ホワイティは緑の帽子9番枠。各馬問題なくゲートに収まった。

赤いランプが灯り、一斉にゲートが開いた。絶妙のスタートを切ったのは大外枠のブリーズベールだった。誰も絡んでいく者はいないので楽に一人旅となった。一方ホワイティもまずまずのスタートで後ろから3頭目あたりの外側を進んでいた。心配していた右前は大丈夫そうだ。第1コーナーから第2コーナーを淡々と進み、向こう正面の直線に差し掛かる。札幌競馬場はほぼ平坦なので、中央場所の競馬場にある〝坂〟などに走りが影響されるという事はほとんどない。逃げの戦法が得意な早見らしい巧いペースで軽快な逃げを繰り広げている。第3コーナーを過ぎると、コーナーを利して一気にペースが上がる。手綱を引き、なだめながら進んでいた岸田も、いつもの様に外に持ち出し手綱を緩めた。強い馬ならここから馬なりで外々をまくっていくのだが、今日が初出走の2歳の若駒にそんな芸当は到底期待できない。寧ろ、今のこの位置では、まくるどころか前が壁になって終始後方のままでもがくのが常だ。

〝あとはこの短い直線で何頭交《か》わせるかだな〟

岸田はホワイティの根性を試す意味も含め、最後の直線に入ると距離ロスを覚悟で追い込みやすい大外に持ち出した。重馬場のせいで、思ったほどブリーズベールのリードは致命的なものではない。後続は団子状態である。

〝ああ、これがせめていっぱしの馬なら一気にまくれるんだがな…〟

岸田はそう思いながら、取り敢えず一発鞭を入れてみた。すると、今まで頼りなく走っていたホワイティだったが、鞭が入った途端に耳を絞り、グンッと姿勢を落とすとまるで芝コースを走っているかの様にグングンと加速し始めたのだ。異次元とも言えるもの凄い加速だった。正直、岸田は驚いている間もなく、ただただ振り落とされない様にホワイティにしがみ付いているのがやっとなくらいだった。

〝おいっ、一体何が起きたんだ！〟

岸田はひとり心の中でそう叫んだ。そしてゴール線に達した時、ホワイティより前を走る馬はなく、内ラチ沿い少し遅れて人気のブリーズベールが逃げいっぱいになりもがいていた。

〝まさか！　勝ったのか？　このホワイティが勝ったのか？〟

岸田は思わずスタンドに振り返った。大歓声だった。岸田を称える大エールと罵倒するヤジが交錯して、スタンドは大騒ぎになっていた。昨日、高梨と話していた冗談が現実になったのである。岸田はまだ信じられなかった。思わずスタンド前に向かい、電光掲示板を覗いた。間違いない。1着に〝9〟の数字が灯っている。走破タイム1分45秒2は、昨年サージュミノルが記録した2歳レコードに0秒3と迫る好タイムだった。

「バカヤロー岸田ぁ！　余計な事すんじゃねぇ！　てめえのせいで10万がパーじゃねぇか。てめぇはいつもの様にケツ走ってりゃいいんだよ、このおたんこなす！」

本馬場から検量室に向かう入り口で例のごとく観客からこうヤジが飛んだ。

〝うるせーや！　相手は御馬様だ。走るか走らないかは御馬様の気分次第なんだよ！〟

岸田はこう返したかったが、やはり飲み込んだ。うっかりこんな事言ってしまったらあっという間にＪＲＡのホームページは大炎上だ。

検量室前に戻ると、そこには満面の笑みの高梨が立っていた。

「人が悪いなぁ、ドンさんも。そうならそうと言ってくれりゃいいのに。」高梨が言った。

「いやいや、びっくりしてるのは俺の方ですよ。調教じゃこんな走りこれっぽっちも見せなかったし…」

「そんなに予防線を張りなさんな。」

「いや、ホントですって。まるでキツネにつままれてるみたいです。」

「おまけにレコードに迫る好タイムとは、こりゃちょっとは色気が出るよな。」高梨はホワイティに引き綱をかけて誘導しながら鞍上の岸田にそう言った。

「ええ、考えもしなかった事ですが、札幌2歳ステークスへの切符が手に入ってしまいました。」

「いやいや、そこまで高望みはしないよ。あそこにはブラッキーサンがいる。所詮、ホワイティが勝ったのはダートだ。血統的には芝もいけるだろうが、先ずはダート路線で門別の重賞、〝北海道2歳優駿〟とかに挑戦が定石だろ?」

岸田は、浮かれる高梨の手前否定はしなかったが、正直そう世の中甘いもんじゃないと冷めていた。デビュー戦を快勝して、2戦目以降人気になったにもかかわらず全く走らなくなった早熟型の馬を腐るほど見ていたからだ。勿論、調教師という立場ゆえ、高梨にもそういった経験は多々あったが、リーディングトレーナーに程遠い高梨ら無名厩舎にとって、滅多にないホワイティの様な快勝に、高額賞金である重賞路線などの過分な夢を膨らませてしまうのも無理はないのである。

一見、重賞路線といえば聞こえはいいが、実は怖い一面もある。一般レースでは1着にならないと獲得本賞金は加算されないが、重賞レースは一般レースと違って2着に入っても獲得本賞金が加算されてしまうのだ。つまり、勝ってもいないのにクラスが上がっていく。競馬では、全てのレースが獲得賞金額でクラスが決められている。最下位クラスは未勝利クラスだ。未勝利馬は獲得本賞金が0円なので、未勝利戦には獲得本賞金が0円のうちはいつまででも出られる。しかし、一度勝つと400万円が獲得本賞金として格付けられる。そうなると、もう未勝利戦には出られなくなり、1ランク上の500万円下クラスかオープンクラスで戦う事となる。これらのクラスは、獲得賞金が500万円以下なら出られるので、未勝利馬でも出られる理屈になる。しかし、レースにはフルゲートといって出走できる頭数の上限がある。出走順は獲得本賞金の高い順になるので、なるべく高い賞金を得ておかないといくらレースに出たくても除外されて出走する事さえできなくなる。従って、競走馬とし生きていくには、とにかく勝って獲得本賞金を積まなければならないのだ。同様にしてこのクラスで勝てば更に獲得本賞金が加算され、更に賞金の高い上のクラスに進むことができる。そして、どの条件にも属さない高額の獲得本賞金が得られれば晴れてオープン馬となり、高額賞金である重賞レース等に出られるという仕組みだ。つまり、強い馬なら重賞で2着になる事は、獲得本賞金が加算されるので勿論歓迎だが、まぐれで2着にでもなろうものなら、その後、一生自己条件に戻れず、強い馬の中で埋もれていく事にもなりかねない。岸田はその怖さを知ってはいたが、ことホワイティに関しては、札幌2歳ステークスに駒を進めても、まさかブラッキーサンの2着に来るなんて事は到底有り得ないと、さしてまぐれ2着の恐ろしさは気にしていなかった。

「先生、やっぱり札幌2歳ステークスに行くべきですよ。ブラッキーサンがいようがいまいが折角出られるんです。この機会を逃したら今度またいつ重賞に出られるかわかりませんよ。」岸田はそう気楽に言った。

「そうだな。出られるものを、出ない手はないよな。」高梨も自分を納得させる様に何度も首を縦に振った。


その夜、岸田と高梨は、厩舎のスタッフを伴い、ホワイティのデビュー戦初勝利を祝おうとすすきのにある行きつけの寿司屋〝いっきゅう〟に向かった。二人が宿泊する札幌ランドマークホテルから南に数ブロック行った所にその店はあった。

岸田がこの店を気に入っているのは、ひとえに大好きな日本酒である青森の銘酒〝田酒〟がいつ来ても必ずこの店にはあるからだ。やや甘口だがスッキリっとした喉越しのこの酒で、大間のマグロを頬張るのが岸田にはこの上ない至福の時間だった。

全員で乾杯をすると、この店のオーナー料理長である〝山さん〟こと山貫が、高級ネタをふんだんに盛り込んだ大きな船盛りを運んでくれた。思わず漏れる感嘆の唸りと共に刺身を味わい、しばらく皆と談笑すると、岸田と高梨はスタッフに気を使い、二人で山貫の居るカウンターに席を移した。

「本日はホワイティの初勝利、誠におめでとうございます。」山貫がそう言いながら田酒を岸田と高梨に注いだ。

「ありがとう。」岸田も高梨もそう言うと杯を一気に空け、煙草に火をつけた。

「それにしてもドンさんは人が悪い。」山貫が言った。

「おいおい、藪から棒に何だよ。」

「〝ちょっとは気にしとけよ〟とかくらい言っといてくれれば、今頃店閉めて大豪遊だったのに…」

「ああ、ホワイティの爆走かい？　でも、あれは本当に俺も予想だにしてなかったんだよ。」

「そういう山さんだって、たとえ情報をもらったとしても馬券は買わなかったろう?」と高梨が横槍を入れた。

「まぁ、鞍上がミスター掲示板じゃ、確かに買いづらいっすよね。」

「言っとくが、次走で買おうなんて思わない方が良いぞ。」と岸田が釘を刺した。

「ブラッキーサンにはかないませんか。」

「相手はブラッキーサンだけじゃないさ。ホワイティは新馬勝ちを収めたと言っても、所詮ダートだ。いくら〝重〟だったとはいえ、芝を勝った奴らとはスピードが違う。」

「ドンさん、せっかく勝ったんだ。今日くらいは夢を見させてくれよ。」高梨は久々の勝利に酔いたがっていた。

「ええ、俺もそのつもりです。この札幌開催が終われば、また茨城の田舎暮らしですからね。朝早く起きて、馬を調教して、仕事が終わればまだ明るい時間から近くの汚ったねぇ小料理屋で、昔は恐らく美人だったであろう婆さんをカウンター越しに不味い酒飲む毎日ですわ。」美浦トレーニングセンターでの生活の事である。

「だから早く結婚して子供つくれって言ったろう。」

「その話しは耳にタコです。もうやめましょう。今夜は飲みますよ。」

岸田は昔の話をしたがらなかった。自分に都合の悪い話題になると決まって話しを濁した。高梨も、あまりしつこく掘り下げると、岸田は決まって機嫌が悪くなるのを知っていたので、あえて触れない様にしていた。

気が付くと、岸田は高梨と田酒の一升瓶を空けてしまっていた。寿司をつまみながらの宴だが、何故か夜中の12時を回ると腹が減る。そうなれば選択肢は一つ。岸田たちは決まってすすきのの味噌ラーメンの老舗〝香欄《こうらん》〟に寄って美味い一杯をすする。もう20年以上も続くお決まりのパターンだ。今時、何十年たっても味が変わらず繁盛している店も珍しい。年に一度のたった12日間の夏の開催の札幌。6月から開催される函館と合わせて、岸田にとっては唯一リフレッシュ出来る夏のバカンスだった。

郵便はがき

料金受取人払郵便

新宿局承認

3970

差出有効期間
2022年7月
31日まで
（切手不要）

1 6 0-8 7 9 1

1 4 1

東京都新宿区新宿1－10－1

(株)文芸社

愛読者カード係 行

ふりがな お名前			明治 大正 昭和 平成	年生 歳	
ふりがな ご住所	□□□-□□□□			性別 男・女	
お電話 番 号	（書籍ご注文の際に必要です）	ご職業			
E-mail					
ご購読雑誌（複数可）			ご購読新聞 新聞		

最近読んでおもしろかった本や今後、とりあげてほしいテーマをお教えください。

ご自分の研究成果や経験、お考え等を出版してみたいというお気持ちはありますか。

ある　ない　内容・テーマ（　）

現在完成した作品をお持ちですか。

ある　ない　ジャンル・原稿量（　）

書　名				
お買上 書　店	都道 府県	市区 郡	書店名	書店
			ご購入日	年　月　日

本書をどこでお知りになりましたか?

1.書店店頭　2.知人にすすめられて　3.インターネット(サイト名　)

4.DMハガキ　5.広告、記事を見て(新聞、雑誌名　)

上の質問に関連して、ご購入の決め手となったのは?

1.タイトル　2.著者　3.内容　4.カバーデザイン　5.帯

その他ご自由にお書きください。

(　)

本書についてのご意見、ご感想をお聞かせください。

①内容について

②カバー、タイトル、帯について

弊社Webサイトからもご意見、ご感想をお寄せいただけます。

ご協力ありがとうございました。

※お寄せいただいたご意見、ご感想は新聞広告等で匿名にて使わせていただくことがあります。

※お客様の個人情報は、小社からの連絡のみに使用します。社外に提供することは一切ありません。

第二章　邂逅《かいこう》の札幌2歳ステークス

デビュー戦で思わぬ新馬勝ちを収めたホワイティィは、次戦である札幌2歳ステークスに向けて、翌日月曜日から生まれ故郷の栄光ファームで、リフレッシュのために暫しの間放牧に出された。それにしても岸田は、競馬はやはり勝ってナンボだとつくづく思っていた。今までは1カ月かけてやっと稼いでいた金が、昨日のホワイティィの1勝であっという間にその分の金が転がり込んできたからだ。お陰で、齷齪《あくせく》働かずに、じっくりホワイティィの調教に専念する事が出来るというものだ。

一方、ホワイティィが凱旋した栄光ファームでも幾つかの変化が見え隠れしていた。昨日まではどんより重たい空気が漂っていたここ栄光ファームだったが、予期せぬホワイティィの激走に牧場スタッフたちにも活気が出てきたのである。全く人とは現金なものである。

岸田は、そんな牧場のスタッフの変わり様に苦笑しながら広大な牧場を見渡せる小高い丘にあるベンチに座って紫煙《しえん》を燻《く》らせていた。岸田もまた、いつもの煙草の味とは違ってやけに美味い事に苦笑した。そんないつもと違う味わいの煙草を吸い終わると、牧場の入口ゲートに1台の車がやってきたのが見えた。運転の主が高梨ではないことは直ぐにわかった。降りてきたのは若い男女のカップルだったのだ。岸田にはこのカップルがここへ来た目的が何なのか直ぐにわかった。昨今、ここ浦河の海辺りを沿う浦河国道が、誰が名付けたか〝優駿《ゆうしゅん》浪漫街道《ろまんかいどう》〟などと形容され、にわか競馬ファンたちの聖地として牧場訪問が顕著になっていた。確かに、目の前に広大な緑の草原が広がれば、アルプスの少女ハイジさながらこの草原を走り回り寝転び、綺麗な空気を思い切り吸って爽快感を味わいたいと思う気持ちもわからないでもない。しかし、岸田には、このカップルが牧場への入場許可をもらったにも拘らず、10数メートルも進まぬうちに直ぐに牧場を後にすることはわかっていた。理由は簡単だ。傍目《はため》には美しく見えるこの草原だが、一歩足を踏み入れれば、そこは何処もかしこも馬や牛の糞だらけなのだ。これらの糞は、雨が降れば牧草の養分になる。よって、わざわざ取り除いたりはしない。岸田はそんなにわかファンをあざ笑いながら見ていたが、同時にそんな光景を眺めてはほくそ笑んでいる自分もそう褒められたものではないとまた苦笑した。生き物と共存共生していくのは、にわかファンが思っているほど楽でもないし綺麗なものでもない。我々人間だってそうだ。小便もすれば大便もする。ましてや理性のない馬など、走る姿は格好良いかもしれないが、行いは人間の子供以下だ。興味を持つならうわべだけではなく、そういった生き物の本質さえも理解してほしいものだと岸田は思っていた。そんな訪問者に心の中で苦言を呈していた岸田だが、そこに一本の電話が入った。高梨からだった。時刻は午後3時を回ったところだ。競馬界では土日にレースが行われることから、翌月曜日が全休日となる事が多い。つまり月曜日に電話が掛かるなんて、余程の事がない限り有り得ないのだ。岸田は嫌な予感に苛《さいな》まれながらも携帯電話を取った。

〝全く、人騒がせな〟

と岸田はホッと胸を撫で下ろした。電話の主旨は、今札幌で流行りの味噌ラーメン〝彩屋《サイヤ》〟に付き合ってくれというものだった。少し前までは焦がし味噌が人気だったが、今や〝彩屋〟の人気は飛ぶ鳥を落とす勢いだ。開店前から平日でも1時間待ちは当たり前で、それだけ今までにない生姜のきいた独特の味噌のスープは、至高の楼閣へと誘う魔力があった。しかし高梨の目的は〝彩屋〟だけではない。どうせその後、すすきのの〝キャバクラ〟に行こうと言うに決まっている。こちらも行きつけの店がちゃんとあるのだ。この店に行く高梨の目的は、勿論若い女の子なのだが、岸田には別の楽しみがあった。実は、岸田はプロも舌を巻くほどの歌唱力の持ち主なのだ。低音のしゃがれた声だが、声量は抜群でいつも決まって最初に竹原ピストルの〝RAIN〟を唄う。あまりの上手さと迫力に一瞬にして店の中がシーンとなってしまうほど誰もがその唄に聞き入ってしまうくらいだ。そんなだから岸田の後に唄おうなんて勇気のある者などは居らず、最後に十八番であるルイ・アームストロングの

〝What a Wonderful World〟を英語で熱唱する2～3曲の間、店は岸田のオンステージとなる。岸田にはこれもストレス発散の一つだった。

「いつ聞いてもドンさんの唄は格別だ。」高梨がそう褒めた。

「ホント、何度聞いても惚れ惚れするわ。」高梨が贔屓《ひいき》にするキャバ嬢の季美子もそう相槌を打った。

「でも毎回毎回同じ歌じゃ飽きるだろう？」そう言って岸田は煙草に火をつけた。

「じゃ、明日はサザンを唄って。」

「おいおい、明日もまた俺たちに金使わせるつもりかい？」

「ああ、いいともいいとも。明日も来るよ、季美ちゃん。」

高梨はこうなるともう女の子の言いなりだ。最も、札幌に滞在する1ヶ月間はほぼこんな毎日の繰り返しなのだが。


昨年までは大義名分も無く、ただこうして遊びに来ていただけの札幌滞在だが、今年はホワイティの勝利のお陰でメリハリのある有意義な滞在になりつつあった。ブラッキーサンの世紀のデビューに沸いた札幌開催も順調に日程をこなし、今日札幌競馬第11日目を迎えた最後の土曜日は、いよいよ札幌2歳ステークスが行われる。見事新馬勝ちを収め権利をものにした馬、ホッカイドウ競馬から出走権利を取って参戦してくる馬などで全出走馬が確定した。今までは一地域での、言わばローカルの戦いだったが、今日行われる2歳ステークスは少し意味合いが違う。重賞競走ともなれば、その高額な賞金を目当てに阪神、東京、福島など全国の新馬戦を勝ち上がったデビュー勝ち素質馬の強者共が参戦してくる、いわば2歳世代の将来を占う一戦なのだ。2歳重賞に勝つという事は来年の3歳の祭典である、皐月賞、日本ダービー、菊花賞など、クラシック3冠への指標となるので、何とかここを勝って年末の朝日杯やホープフルステークスなどの2歳GⅠに、更には来年の3歳クラシック戦線にも名乗りを上げたいと考えるのである。

しかし、今年の札幌2歳ステークスは、例年と比べて少し寂しいレースとなった。理由は怪物ブラッキーサンの存在だ。例年なら阪神や東京の新馬戦を勝ち上がってきた話題の期待馬がこぞって参戦してくるのだが、今年のこのレースはほぼブラッキーサンの逃げ切りで番狂わせは期待できないとでも思ったのか、殆どの有力馬はこのレースを回避し、同時開催の新潟2歳ステークス（GⅢ）に回るという現象が起こった。その結果、新潟では新馬勝ちでも出走が抽選となるという厳しい一戦となり、一方の札幌では殆どの有力馬が回避した事で未勝利勝ちの馬も出走が叶う、わずか9頭立てという寂しいレースになった。しかし、ブラッキーサン以外の出走馬にとってこれはありがたい現象でもあった。９頭立てという事は、掲示板に載らずとも、１頭に先着し、８着までに来れば出走奨励金なる手当金が貰えるからだ。従って、たった１頭を負かせればとにかく賞金を稼ぐ事が出来るという訳だ。今年の札幌２歳ステークスは、ブラッキーサンの優勝が濃厚なので、ホワイティも含め勝つためというよりも、重賞の芝でどれだけ走れるかという将来への指標を立て、あわよくば２着に入って本賞金を積み上げようとする馬が殆どだ。誰もブラッキーサンの逃げ切りを阻止しようなんて考える輩はいない。一発を狙って大金星を挙げようだなんていう下手な考えは、一発どころか寧ろ自爆の最下位になる可能性の方が高い。そうなれば１頭負かせば手にできる出走奨励金すらも入ってこない。故に、益々ブラッキーサンにとって有利なレースとなっていくという図式だ。

結局、このレースに出走する事になったホワイティだが、出走を決めるまでに岸田と高梨の間では意見が異なり、大きなすったもんだがあった。

岸田は、新馬戦を実力で勝ったのかフロックで勝ったのかわからない状況でいきなりホワイティを重賞路線に乗せる事には反対だった。真の実力を見極めるためにも、先ずは条件戦の芝のレースなどへの出走を重ねて、身の丈に合ったステップを踏んでいくという考えだったのである。

一方、高梨は滅多にない新馬勝ちを収めたのだから、何も重賞レースに出走出来るチャンスを放棄する手はない。とにかく出るだけ出てダメなら路線変更、上手く上位に食い込めればさらに夢膨らむと、少々舞い上がった考えだった。

そんな二人が、珍しく意見の相違で対立したが、出走頭数が少なかった事や、やはり重賞レースにはそう滅多に出られる機会もない事から、今回は力試しをしようという事で意見がまとまったのである。

「ミスター掲示板の事だ。今回掲示板に来ることができれば3～400万の賞金だ。なんとかしてくれるだろ。」高梨がえげつない言い方を岸田にした。

「さぁ、どうでしょう。重賞はそう甘いもんじゃないですからね。」岸田はすかさずそう返した。

「現在ホワイティは5番人気。ダート勝ちとはいえ好タイム勝ちが少しは評価されてるって事だな。」

「ま、初芝でケツを回ってこない様に頑張りますよ。」

「ホワイティの今後を占うレースだ。しっかり頼むぞ、ドンさん。」

「先生、いきなり調教師らしいものの言い方をしないでくださいよ。調子狂いますわ。」岸田はそう言うと苦笑した。

「らしいって何だよ、らしいって。私はれっきとした調教師だよ。」

「わかりましたよ。そんなにムキにならなくったって…　それより、今夜の〝いっきゅう〟を予約しといてくださいな。田酒と大間のマグロも頼みますよ。」

「おっ、って事は少しは色気あるって事だな。了解だ。任しとけ。」

パドックから花道を本馬場に向かう時に、岸田は高梨にこう強がっては見たものの、正直どうなるのかは皆目見当もつかなかった。新馬勝ち以来、ホワイティは北海道に滞在し、次走が芝のレースという事もあって札幌競馬場の芝の本馬場で調教をこなした。しかし、正直なところ芝の適正にそう手応えを感じる事はなかったのだ。

〝もしかしたら、芝は全くダメなのかもしれない〟

これが岸田の率直な感想だった。しかし、思い起こせば新馬戦の時の調教もそうだった。足元に不安があったとはいえ、そう目立った動きを見せていた訳ではなかった。ところが、いざ本番となるとあの異次元の走りだ。

〝案ずるより生むが易しか〟

岸田は、そう自分に言い聞かせていたが、いつも乗る他の馬との確かな違いだけはこのホワイティには感じていた。しかし、それが何なのかは知る由もなかった各馬が返し馬に入った。やはり目立つのはブラッキーサンだ。スムーズにキャンターに入り、無駄な走りはせずすんなりと輪乗り場に収まった。

〝さすがに単勝１・０倍元返しの大本命だな〟

岸田はそう納得すると他の７頭を見回した。ブラッキーサンが頭抜けているせいか、他の馬はそれこそ貧相に見えて仕方がない。

〝あいつらからホワイティはどう映っているのかな…〟

ふと岸田はそう思った。そして、

〝こいつらだけには負けたくない〟

岸田は、いつも感じた事のない、どこか懐かしい緊張感を感じていた。ここ数十年、こんな気持ちになった事がない。次第に岸田は何かを思い出しそうになって、それが何なのか必死に思い出していた。しかし、間もなく集合の合図が掛かった。仕方なく岸田は思い出すのを諦め、発走地点に向かっていった。

ゲートに収まったブラッキーサンと早見は堂々としていた。自信というものは人も馬も大きく見せる。岸田は、そういう光景を見るたびに〝自分はどうなんだろう？〟と自問自答するが、そう思おうとするといつも自分は〝ミスター掲示板〟でいいのだと、自分自身をそう宥《なだ》めていた。

スターターがスタート台に乗り、赤い旗を振ると札幌重賞のファンファーレが鳴った。いよいよ札幌２歳ステークスの発走だ。ゲート入りは順調だ。最後の９番枠に岸田とホワイティが収まった。

独特な金属音と共にゲートが開いた。例によってブラッキーサンが好スタートで飛び出していく。強い馬は頭が良い。ゲート発走も優秀だし、手を抜く事なく一生懸命走る。第1コーナーに差し掛かる前の直線で難なく先頭を奪い馬なりで徐々に差を広げていく。

〝誰か絡んでいく奴はいねぇのかよ〟

岸田は、大外枠を生かし最後方の外側を馬なりで進みながら一人つぶやいたが、直ぐにそう言う自分の方が理不尽であると気が付いた。岸田とて絡んでいく気など毛頭ないのだ。

レースは淡々と進んだ。向こう正面ではブラッキーサンのリードは約10馬身。最後方を進む岸田とは、更に間に7、8馬身ほどの馬群があるので、ブラッキーサンに追い付くのはもはや不可能であると言わざるを得なかった。最も、岸田にはハナからブラッキーサンに追い付こうなどという考えはなかった。目標は8馬身先居る2番手の位置だ。

第3コーナーから第4コーナーを淡々と進み、ブラッキーサンは約10馬身のリードを保ったまま直線に向いた。ブラッキーサンは未だ馬なりだ。後続各馬が最後の直線に入ると2着を拾おうと必死に鞭を振るう。2着に入れば、年末の2歳馬の最高峰レース、〝朝日杯フューチュリティステークス〟やクラシックにつながる〝ホープフルステークス〟などのGIレースに出走出来るくらいの賞金が得られるからだ。

ホワイティが第4コーナーを回り直線に向いた。ブラッキーサンとの差は約15馬身。札幌競馬場の直線は短い。加えて北海道特有の洋芝の馬場は、本州のそれとは違って粘っこく走りづらい。その中でこれだけ離されては、岸田の狙いは2着どころか完全に掲示板になった。

岸田は、ホワイティに見せ鞭を振るうとありったけの力で首を押した。手前を変え、とにかくリズムよく首を押し尻鞭を一発入れた。すると、ホワイティは新馬戦の時の様に、耳を絞ると姿勢をグンッと落とし瞬く間に加速し始めたのだ。

「来たっ！」岸田は思わずそう叫んだ。

その瞬間、半信半疑だった岸田の迷いは確信に変わった。岸田は必死にホワイティの首を押した。ゴールまであと150メートル。大外一気に7頭をごぼう抜きにすると、3番手以下に5馬身ほどの差をつけて2番手に上がり、ブラッキーサンに肉薄していった。とにかくもの凄い末脚だ。ブラッキーサンを捕らえるにはあと3馬身。しかし、ブラッキーサンとの差は、ゴールまでかかってもそれ以上縮まる事はなかった。馬なりだったブラッキーサンに早見が一発鞭を入れただけで軽やかな伸びを見せたのだ。

〝バカヤローッ！　また余計な事しやがって！　テメーは5着で良いんだよっ！〟

例によって観客席からブーイングの嵐だった。しかし、今回に限って岸田は、これらのヤジに対して全く腹が立たなかった。腹が立たなかったと言うよりも、ヤジにかまっている余裕がなかったのである。それは、このレースで岸田は、ホワイティの持つポテンシャルの高さを確信し、浮足立っていたからだ。

〝フロックなんかじゃない。これは本物だ〟

まぐれなんかじゃない。これが岸田の結論だった。

本馬場から戻ると、高梨が嬉しさを隠しきれないといった顔で駆け寄ってきた。

「やったな、ドンさん！」高梨は引き綱をホワイティにかけるとこれ以上ない笑みを見せた。

「どうやら本物でした。」岸田は自信たっぷりに言った。

「一体どんな魔法を使ったんだい？」

「さぁ…　俺にもわかりません。」

「こりゃひょっとするとひょっとするかもな。」

「いいえ先生、もうひょっとしてますよ。芝でも十分やっていけます。というより、芝の方が切れ味が良いくらいです。」

「見たよ、最後の直線。他の馬が止まっているようだった。」

「はい。すごい末脚でした。」

「朝日杯とホープフルステークス、どっちのGIに行くか真剣に考えないとな。」

岸田は高梨のこの問いかけには答えを濁した。結果はブラッキーサンの2着だった。高梨の言う様に年末の2歳GIを目指せるかもしれない。しかし、岸田はホワイティのポテンシャルも確信したかもしれないが、同時にこのレースでブラッキーサンの末恐ろしさをも垣間見ていたのだ。それは、こっちは必死に走って来たにもかかわらず、向こうは遊び半分で走って、自身が新馬戦で出したコースレコードを更に0秒6秒も縮める、奇跡の様なタイムを叩き出していたからだ。

〝あんな化け物とは戦えない〟岸田が思った率直な感想だった。

検量室前に着くと、オーナーの栄光ファームの関係者が岸田を出迎え、その労をねぎらった。皆勝ったかの様に狂喜乱舞していた。それもそのはず、未勝利クラスさえ脱出出来るかどうかという期待薄の馬が、札幌2歳ステークスのそれもブラッキーサンのお化けレコードにコンマ5秒とせまる激走を見せたのだ。まさに貧乏ファームにとっては赤飯ものなのである。

検量室の前では、早見が放送テレビ局の勝利ジョッキーインタビューを受けていた。

岸田はこの光景も気に入らなかった。強い馬に乗る機会が多い早見ゆえ勝つ確率も高い。従って、テレビで見る勝利ジョッキーインタビューのイメージはどうしても早見のインタビュー映像になりやすい。メインレースに至ってはもう10年以上も勝った事のない岸田にとっては無縁のお立ち台だった。

しかし、今日の早見はいつもと少し違っていた。いつもはふてぶてしく勝って当たり前の顔をしてるが、今日に限ってはやけに神妙な面持ちだった。岸田は少し気になってモニターを探した。お立ち台の前に見に行かなかったのは、一応、岸田のプライドが許さなかったからだ。しかし、モニターを見つけた時にはインタビューは既に終わっていた。

「すまん、今、早見は何の話をしていたのか教えてくれ。」岸田はすかさずモニターを見ていたあるスタッフに聞いた。

「ああ、岸田さん、あなたの事ですよ。エーコーホワイティの末脚には度肝を抜かされたって。」スタッフがそう答えた。

〝何だって？〟

岸田は、早見が何を根拠にそう言ったのか興味があった。知りたかったが、何せ天敵相手に教えを乞う訳にもいかない。確かに、ホワイティの末脚は凄かった。しかし、ブラッキーサンの逃げ脚だって桁外れだったはずだ。岸田は、早見の真意を知りたかったが、どうあがいてもそれは本人に聞くしか知る方法はない。仕方なく、喉に何かつかえたまま、ホワイティのオープン入りという予想外の土産を手に、岸田たちは札幌競馬場を後にする事になったのである。

第三章　2歳頂上決戦への道

札幌開催が終わると、中山競馬と東京競馬が交互に行われる秋の中央場所が始まる。同時に関西では、阪神、京都、中京競馬が開催され、東西で秋の重賞レースのオンパレードとなる。重賞レースに限らず勝利をあげられれば良い正月も迎えられるだろうが、未勝利馬にとって勝利をあげられないという事は、すなわち引退を意味する事になる。年が明ければ全ての馬は一つ歳を取る。つまり、何年やっても勝てない馬は飼育調教費ばかり掛かってしまい得られる賞金もなければ将来も期待できない。つまり、残された道は登録抹消という引退しかないのだ。こればかりは〝ミスター掲示板〟にもどうする事も出来なかった。

「どうだい？　何とかならんか？」高梨が、厩舎所属の未勝利馬を調教している岸田にそう問うた。

「何処その乗馬クラブに引き取ってもらうしかないですね。」岸田はあっさりとそう答えた。

「最近じゃタダでも貰ってくれるクラブはないんだよ。」

「ほお、タダでもですか？」

「馬はタダでも、去勢したり再調教したりで結構金がかかるからな。」

「まぁ、バブルの時の様に猫も杓子《しゃくし》も乗馬って時代じゃないですからね。」

「まったくだ。」

「人間って何様なんですかね？　自我の金儲けのために馬産ませて、走らなければ弊《へい》履《り》を棄《す》つるが如しとは…」岸田は、馬は使い捨てではないと言いたかった。

「まぁそう言うなって。それで私たちは食えてるんだから。」

岸田もそれには迎合せざるを得なかった。競馬騎手という職業を放棄しては、明日から自ら路頭に迷わざるを得ない。金に飽《あ》かせて生産出来るだけ生産して巨万の富を得ているノースポイントファーム。ブラッキーサンを生産したファームだ。ブルーサンダーの父でもあるビッグサンダーという大種牡馬を手に入れてからの発展ぶりは目を見張るものがあった。今や東西の重賞レースに出走して来る馬の生産者を見ると殆どがノースポイントファームだ。それだけビッグサンダー系は日本の競馬に合ってい る産駒《さんく》を出した。レースに勝てるから馬主たちはその生産馬を手に入れたがる。実績が上がれば上がるだけ種付け料も上がる。ビッグサンダーは日本の競馬レベルを格段に向上させたかもしれないが、同時に巨大スタリオン王国をも造り上げた。

岸田は、妬《ねた》みからなのかこのノースポイントファームが嫌いだった。今から十年ほど前、早見が競馬学校を卒業し新人ほやほやで騎手デビューした時、実績もないのにまるでアイドルの様に人気者になったのは、彼がノースポイントファームの御曹司だからだった。岸田たちは早見の様にコネも金もない。刻苦《こっく》精励《せいれい》に努めてようやくお手馬を手に入れる。ところが、早見には次から次へと湯水の様に騎乗依頼が湧いてくる。依頼主もノースポイントファームの生産馬の馬主になった手前、暗黙のルールで早見に騎乗を依頼してくるからだ。強い馬に乗れれば当然勝てる。彼がリーディングジョッキーになれるのはそれが理由だ。彼が乗る馬なら、いっぱしの騎手ならだれが乗っても勝てる。競馬はよく、馬の分7割、騎手の分3割と言うが、岸田は騎手の分はせいぜい1割くらいだと思っていた。故に、今岸田が調教している未勝利馬も、たとえ早見が乗ったとしても勝つ事は難しいのだ。

「ならば、今週中山の未勝利戦で最後にするか。距離を変えても、ダートも芝も全てダメな訳だし…　ドンさんが掲示板に持ってきてくれれば賞金と出走手当でなんとか１００万くらいにはなる。馬主さんへのせめてものはなむけだ。」高梨はこの馬に関してはそう決断した。

「切ないですね。こいつは何にも悪い事はしてないのに。」

「だからそれは言うなって。それより、この一本が終わったらちょっとホワイティの今後を検討しよう。オーナーに報告しなければならないんだ。」

「わかりました。」

岸田はそう返事をするや否や坂路調教コースに向かっていった。

昔は関西馬が強いと言われた時代があったが、それは恐らく栗東《りっとう》のトレーニングセンターにしかなかった坂路調教コースが一つの要因であると思われた。その為か、ここ関東の美浦《みほ》にも三十数年前に坂路調教コースが造られ、それ以来、関西馬と関東馬の差はあまり感じられなくなったという経緯がある。

岸田は、一通りの今日のメニューをこなすと、トレセンの食堂に向かった。食堂に入ると、高梨が一人ニコニコしながらコーヒーをすすっていた。今の高梨の唯一の楽しみはホワイティだけだ。何年かぶりに重賞を狙える器に巡り合えたのだ。鼻の下が伸びるのも無理はない。

そのホワイティの今後の路線だが、ああだこうだ言うほどの選択肢はなかった。札幌2歳ステークスで2着になったホワイティはもう500万下のレースには出られない。既に本賞金は1000万円となっているからだ。1勝しかしていないのにも拘わらず、本来出られるはずの500万下条件に出られないという事は、それだけ重賞レースでの2着は実力の証明とでも言うべき実績なのかもしれない。

「秋の2歳重賞は、第5回東京開催の〝京王杯2歳ステークス〟と〝東京スポーツ杯2歳ステークス〟だ。あとは京都に遠征して〝デイリー杯2歳ステークス〟という手もあるが、2歳の若駒に10時間以上の輸送はどうかと思われるので、現実的には東京の2番組。それか格を落としてオープン特別のレースという事になるな。」高梨は、岸田に確認する様にそう言った。

「同感です。筋から言えば次戦はオープン特別が妥当でしょうが、もし重賞に行くなら、京王杯は1400メートルの短距離戦ですから、来年のクラシックを見据えるなら1800メートルの東京スポーツ杯の方じゃないですかね。」岸田は、3冠レースは全て中、長距離のレースだと言わんばかりにそう言った。

「つまりは、ブラッキーサンも当然東京スポーツ杯の方に回ってくるという事だ。しかし、もしホワイティが次戦で賞金を加算できなければ、年末のGI戦を賞金不足で除外される可能性が高い。」

「であれば、何もブラッキーサンが居る東京スポーツ杯じゃなくてもいいのでは？」

「その通りだ。2着までに来られる確率の高い重賞かオープン特別を選ぶべきだと私は思う。」

「ですが、仮に京王杯に行くとしたらホワイティに1400メートルはどうですかね？　ちょっと短すぎる気がします。」

「かと言って、ホワイティにとって好都合のオープン特別はローテーション的にも皆無だし、2歳の若駒だ、距離はどうにでもなるだろ？」

高梨のその一言で次戦は決まった。京王杯2歳ステークスに回り確実に賞金を積み上げ、年末のGⅠを目指す事になった。〝こんな化け物とは戦えない〟と戦慄な思いをさせられた岸田は、ブラッキーサンとの直接対決が回避できた事には愁眉《しゅうび》を開いたが、もしこのままホワイティが勝ち進む様な事になれば、いずれまた頂点のGⅠで対決しなければならなくなる。岸田は心の中では半分そうなってほしいと思っていたが、もう半分はどこかでそれを否定していた。岸田にとっては、日々の騎乗で日銭が稼げればそれで満足なのだ。ところが、ホワイティが活躍する様になれば、岸田は世間の目に晒される事になる。岸田は、心のどこかでそうなる事を恐れていた。何故かはわからなかったが、確かに恐れている自分がいる事には気が付いていたのである。

〝電撃の6ハロン〟といわれる、短距離スピード王日本一を決めるスプリンターズステークス（GⅠ）で中山開催が幕を閉じると、いよいよ2歳重賞を控える東京開催が始まった。この時期の東京開催は秋の天皇賞（GⅠ）とジャパンカップ（GⅠ）くらいが大きなレースだが、同時開催の京都競馬では3歳牝馬3冠の秋華賞（GⅠ）、3歳牡馬3冠の菊花賞（GⅠ）、エリザベス女王杯（GⅠ）やマイルチャンピオンシップ（GⅠ）など年末に向けてGⅠレースが目白押しとなり、どの厩舎も年を越すための餅代を稼ごうと躍起になる。

各厩舎がそんな鎬《しのぎ》を削る中、ホワイティもそれに違わず躍起になって調教をこなしていたが、京王杯本番の一週前追切で関係者が一番恐れていたアクシデントが起こってしまった。坂路に入ったホワイティと岸田は単走で坂路を駆け上がり始めたが、岸田はどうもホワイティの右前が出ないと感じていた。歩様もおかしい。岸田は調教を中止すると下馬し急ぎ高梨の元に戻った。

「どうした！　まさかやっちまったんじゃないだろうな？」高梨は、骨折を疑いながらホワイティに駆け寄った。

「いいえ、昨日から右前が出ないので疲れでも出てるいのかなと思ったんですが、どうやら跛行《はこう》の様です。以前のソエが少し尾を引いているのかも知れません。」跛行とは疲れなどによる歩様の乱れである。岸田が息を切らして高梨にそう報告した。

「跛行…？　確かに、デビュー戦も札幌2歳ステークスも激走したからな。」

「どうしましょう？」

「どうするも何も、跛行じゃ京王杯は諦めざるを得ないだろ。」

ホワイティにとって初めての挫折だった。考えてみれば無理もなかった。デビュー戦も２戦目の札幌２歳ステークスも想像をはるかに超える激走だった。２歳ＧＩに出られるか出られないかよりも、今は競走馬にとって一番大事な時だ。岸田は仕方なく京王杯は諦めて、ブラッキーサンが札幌とは違う、初めての〝坂〟と長い直線のある未体験の東京競馬場でどういう走りをするのか、ここはじっくりと高みの見物といく事にした。

結局、東京スポーツ杯２歳ステークスは、大方の予想通りブラッキーサンの圧勝で幕を閉じた。当初、逃げ専門のワンパターン戦法は、５２５・９メートルという長い直線、〝だんだら坂〟と呼ばれる高低差２メートルの坂など、札幌とは異なるハザードを持つ東京競馬場は、いくらブラッキーサンと言えども一筋縄ではいかないのではとの下馬評も立った。しかし、その心配も杞憂に終わった。２着との15馬身という着差もさる事ながら、１分43秒９という走破タイムは、イスラボニータが持つ２歳レコードどころか、長年破られなかったチョウサンが記録した古馬の１分44秒２のレコードまでも書き換えた。

このレースを東京競馬場の騎手控室のモニターで見ていた高梨と岸田は、ブラッキーサンがゴールした事を確認すると、お互い顔を見合わせて思わず苦笑していた。

「一体何者なんだあいつは。」高梨がそう言って呆れた。

「こうなる事は、奴が生まれた時からわかっていた事じゃないですか。」岸田がそう返した。

「オルフェーヴル以来8年ぶりの3冠馬誕生もいよいよ現実味を帯びてきたな。」

「それだけじゃないいんじゃないですかね。」

「と言うと?」

「気が付きませんか? あいつ、今までのレース、全て破格のレコードで勝ってるんですよ。」

「さながら幻の馬と言われたトキノミノルの再来だな。」

「と言いたいところですが、トキノミノルのレコードとブラッキーサンのレコードとではレベルが違いすぎます。」

「過去の並み居る名馬の上を行くって事か?」

「ええ、それこそ百年に1頭現れるか否かってやつです。」

「ホワイティも運のない奴だな。何もブラッキーサンと同じ世代に生まれてくる事はなかったんだ。」

「そうですね。ブラッキーサンがいなければ、札幌2歳で走ったタイムはほぼ不滅のレコードとして残っていたはずですから。」

「まぁ、高望みはせんよ。ブラッキーサンの出ないレースを狙っていくしかないだろ。」

岸田も大方高梨の考えと一緒だった。勝てないとわかっている相手に競走馬生命をかけてまで勝負を挑んでいく必要はない。３冠レースで勝てなくとも賞金の高い重賞レースは他に山ほどある。名より実が大事だ。仮にホワイティがタイトルに手が届く素質があったとしても、ブラッキーサンがいてはそれは到底かなわない事だろう。ホワイティには生まれてきた時代が悪かったと諦めてもらうしかない。二人はそう思っていた。

「これでブラッキーサンの次走はまず間違いなくホープフルステークスだな。」高梨が言った。

一昨年までは、２歳ＧＩは朝日杯フューチュリティステークスしかなかった。しかし、距離が１６００メートルという事もあって、３冠を目指す馬にとっては、年末の有馬記念当日に行われる２歳の重賞ホープフルステークスの２０００メートル戦の方に回る傾向があった。そこで、ＪＲＡはこのホープフルステークスを２０１７年暮れにＧＩに昇格させ、本来有馬記念がその年の最後のＧＩだったが、地方競馬を含めた若駒の順位付けや地方重賞の開催日程などの関係もあって、2017年から12月28日に開催する事にしたのだ。

「ええ、3冠有力馬はどうしてもホープフルの方に回りますからね。という事は、必然的にホワイティは朝日杯って事ですか？」岸田はすかさずそう返した。

「言わずもがなだ。跛行は朝日杯までには完治するだろうしな。」高梨も岸田と同様の考えだった。

「でもたとえホワイティが朝日杯を勝っても〝最優秀2歳牡馬〟のタイトルはブラッキーサンに持っていかれるでしょうけどね。」

「言ったろう。名より実だって。そんな事より、ほら、今夜は飲みに行くぞ。」そう言うと高梨はそそくさと帰り支度を始めた。

2開催続いた東京開催も、国際GIのジャパンカップを最後に幕を閉じた。このジャパンカップという国際競走が初めて開催された当時、日本馬の出番は全くと言っていいほどなかった。それだけ日本馬の国際水準は低いと言わざるを得なかった。ところが、今日となっては日本馬のレベルも格段に上がり、近年では海外の強豪でさえも恐れをなしてか参戦を見送るという現象が顕著にあらわれていた。

そんなジャパンカップも大方の予想通り日本馬の優勝で終わり、古馬一線級の狙いはいよいよ有馬記念一本に絞られてきた。一方、2歳牡馬、牝馬にとっては生涯初のGⅠレースが行われる東の中山、西の阪神が始まる。ホワイティはブラッキーサンが出走する中山のホープフルステークスを回避し、阪神の朝日杯に行くために準備に入っていた。

ところが、ここでもブラッキーサンによるとばっちりを受ける事となったのである。ブラッキーサンの強さが本物となった今、誰も奴と渡り合おうとする輩がいなくなってきたのだ。いつの時代も仮に勝てない相手でも果敢に戦いを挑んでいく馬は何頭かいた。しかし、ここまで強さを見せつけられると、〝なにくそ！〟という気概さえも湧いてこない。阪神で行われるにもかかわらず、なんと、朝日杯フューチュリティステークスへの登録馬が、ホワイティを含む複数の関東馬が集中し、賞金デッドラインが押し上げられたのだ。つまり、ホワイティは賞金不足で除外される羽目になってしまったのである。秋の一戦を跛行で休養したため賞金不足による抽選はある程度覚悟はしていたものの、ブラッキーサンを敬遠する馬の集中で除外になるとはいささか想定外だった。

ところが、ホープフルステークスの方で思わぬ恩恵が舞い込んできた。ブラッキーサンを避けた有力馬が殆ど朝日杯に回ったので、ホープフルステークスの方で賞金デッドラインが下がり、ホワイティティは賞金がギリギリ足りて出走が可能となったのだ。高梨と岸田は、厩舎の事務所でこの現実を知った。

「皮肉なもんだな。」高梨がぼそっとそう言った。

「ホワイティティはとことん、ブラッキーサンと勝負する運命にあるのかもしれませんね。」岸田が諦めた様に呆れてそう言った。

「こうなったらやるしかないだろ。ブラッキーサンを負かせれば最優秀2歳牡馬だ。1億円のボーナスだぞ。」高梨は鼻息を荒くしてそう言った。

「やめてくださいよ先生。所詮絵に描いた餅ですって。」岸田はそう言うと、煙草に火をつけ大きく深呼吸する様に吸った。

「おい、一気にしらける様な事言うなよ。競馬はやってみなきゃわからんのだからな。第一…」

「先生、その話し長引きます?」そう言って岸田は高梨の話に口を挟んだ。

「えっ？　チェッ、もういいよ。」高梨はそう言うと、不貞腐れた様に〝どんっ〟とソファに座り込んだ。


競馬の祭典有馬記念を大盛況のうちに終えると、昨年の有馬記念で有終の美を飾る優勝で勇退したキタサンブラックのロスを補うかの様に、ブラッキーサンが新たなスターホースとして次第に台頭し始めた。馬体重500kgを優に超える〝黒い太陽〟も、いつしか〝ブラッキー〟の愛称で親しまれ、世間では〝黒い逃亡者〟などとも異名をとるようになった。しかし、生まれた時から小柄なホワイティはというと、未だに体重は420kgと一回りも二回りも小さく、おまけに右前肢《みぎぜんし》には骨膜炎を抱え、本来戦うべき相手ではなく自身の怪我との戦いに明け暮れていた。

かろうじて2歳馬の祭典、ホープフルステークスのゲートには滑り込んだものの、半信半疑の状態では走れるのか走れないのかは、蓋を開けてみなければ誰にもわからない状況だった。

無名の伏兵馬の優勝で幕を閉じたGⅠ朝日杯フューチュリティステークス。従って、下馬評通りにブラッキーがホープフルステークスで勝てば、文句なく最優秀2歳牡馬に選ばれる。1億円のボーナスはほぼブラッキーの手中にあると言える。

そんな中で行われるホープフルステークス。出走馬はフルゲート18頭。1番人気は文句なくブラッキーだ。締め切り後の単勝オッズは1・1倍。一方のホワイティは、3か月の休養明けの上、ぶっつけ本番という順調さを欠いた点がマイナス評価になって3番人気。ブラッキーの単勝投票率が頭抜けているので、3番人気にもかかわらずホワイティの単勝は18・2倍も付く。単勝一桁台はブラッキーのみ。単勝2番人気でさえ15倍以上だ。それだけこのレースもブラッキーで決まりという雰囲気は否めなかった。

暮れの中山競馬場に今年最後のGIファンファーレがこだました。有馬記念で稼いで更に儲けようという者。逆にスッカラカンになって起死回生を図ろうとする者、皆思いは様々だ。

立場は違うが、レースに出る方にも一人葛藤を繰り返し、このレースをどう騎乗するか迷っている者がいた。岸田である。今回は1枠2番という先行するには絶好の枠を引き当てた。うまくすれば、このレースも逃げるであろうブラッキーのすぐ後ろをポジショニング出来るかもしれない。しかし、岸田の十八番《おはこ》は、最後の直線で最後方から一気に追い込む騎乗スタイルだ。追い込み一辺倒という騎乗スタイルに拘るのは、決して自分の騎乗イメージをつくり上げたいからではなかったが、岸田は先行策という騎乗が苦手だった。最も、ここ二十年は、勝つ事よりも掲示板に載る事だけを考えて後方一気の追い込みしかしてこなかったのだから、いきなり先行策を取れと言われても勝手を思い出せないのも無理はなかった。確かに、後方からの追い込み競馬は、勝つのは難しいが、少なからずとも着を拾いやすい一つの戦法として岸田の中では確立していた。しかし、今回のホワイティの場合、それでは駄目なのだ。少なくとも2着に持ってこないと本賞金が加算されない。ミスター掲示板では何の意味もないのだ。

岸田の決心がつかないまま枠入りが始まった。さすがに優秀な馬たちだ。18頭すべてがすんなりとゲートに収まった。大外18番の馬が最後の枠入りを果たすと、軽快な金属音と共にゲートが開いた。18頭が一斉に飛び出す。はずだったが、1頭出遅れた馬がいた。なんとそれはホワイティだったのである。1完歩出遅れたホワイティは必然的に最後方からの追走になり、勿論、場内は慟哭《どうこく》の嵐に包まれた。

「あのバカ、何やってんだ。絶好の内枠だったのに…」高梨が思わず舌打ちしながらそう言って、目の前の机を叩いた。

〝心臓破りの急坂〟と言われるスタンド前の直線の坂をこのレースでは二度越えなければならない。スタート直後の最初の坂越えはどの馬も難なくこなしていくが、狭く急なコーナーを4つも廻った後の最後のこの急坂で、先頭を走っていた馬が一気に馬群に沈むと言うシーンは決して珍しくない。

しかし、ブラッキーはそんな急坂も急なコーナーも全く意に介さなかった。スタートしてから第2コーナーを廻り切るまで少なくとも全道程が登坂なのだが、向こう正面では既に2番手に10馬身以上の差をつけるいつものパターンとなった。

一方、出遅れたホワイティはというと、こちらもお決まりの最後方の外々を優雅に回っていた。実際はそんな余裕など無いのかもしれないが、少なくとも高梨にはそう見えた。

〝直線の短い中山で、そんな最後方の外を回ったんじゃ、ブラッキーどころか他の馬にも追いつけないぞ。早く内に切れ込んで馬群を縫ってこい！〟

高梨は心の中でそう叫んだ。しかし、岸田はいつまでたっても馬群の後方の外々を廻っていた。

〝もはやこれまでか〟

高梨は各馬が第4コーナーを回り直線に向いた時、未だもって最後方に居るホワイティの位置を確認するとそう思った。

直線に入ると、例によって岸田はホワイティを大外に持ち出し、ここぞとばかりに鞭を入れた。ホワイティもそれに応えようと持ち前の末脚を見せるが、直線の短い中山だ。常識的には届くはずもない。各馬が〝心臓破りの急坂〟に差し掛かった。先行していた何頭かの馬は、ブラッキーを除いて次々に脱落していく。後方で待機していた何頭かの馬がけたたましい鞭の音と共に一斉に追い込んでいく。しかし、その中でも抜群の末脚を見せたのはやはりホワイティだった。急坂をものともせずに例の驚異的な末脚で一気に2番手にまで上り詰めた。しかし、先頭のブラッキーサンを捕らえるまであと3馬身もある。だが、ゴールまではたったの50メートルしかない。ゴール前の足色は明らかにホワイティの方が勝っていたが、出遅れと終始外々を廻されたツケが回って、結局ブラッキーには2馬身ほど及ばなかったのである。

「くそっ！」と、高梨は近くにあった折り畳み椅子を蹴飛ばして悔しがった。

しかし、戻ってきた岸田は意外に涼しい顔をしていたのだ。

「ドンさん、あんな出遅れ、お前さんらしくないな。」高梨は皮肉たっぷりにそう言った。

「えっ？　ああ、す、すみません。初めての内枠で少し戸惑っていたところにちょうどスタートが切られまして。」岸田は高梨の様子がいつもと違う事に困惑してそう答えた。

「だから、それがお前さんらしくないと言っているんだ。」高梨はやや強い口調で言った。

「えっ？　いや、はあ…」

岸田は困惑しきりだった。

「ブラッキーに付いていく絶好のチャンスだったのに…」

高梨の怒りは収まらなかった。

「……」

いつもならプライドだけは高い岸田なので、非難されると必死に言い訳をして自身を正当化しようとするのに、今日の岸田に限っては何も言い返さなかった。言い返さなかったというより、高梨がいつになく本気で怒っているので呆気に取られて言い返せなかったのだ。腹の中では〝そんなに熱くなったって、所詮ブラッキーには勝てやしませんよ〟と言いたかったのだが、とても言える雰囲気ではなかったのでそのまま飲み込んだ。

そんな二人のやり取りを一人の騎手が苦笑しながら見ていた。勝った早見である。それに気付いた岸田がすかさず嚙みついた。

「なんだ？　何がおかしい！」岸田が睨みつける様に言った。

「いえ、別に。今日は少し脅威かなと思っていたんですが、僕の思い過ごしだった様です。」早見がそう答えた。

「何だと！　どういう意味だ？」

「さすがに、ホワイティに絡んでこられたらいやだなと思ったんですが、あとは高梨先生のおっしゃる通りですよ。」早見はそうさらりと言ってのけた。

「何だとこの野郎！」

「まぁまぁ。」そう止めに入ったのは高梨だった。「早見君、何が言いたいのかね？」

と続けた。

「いえ、別に。何でもありません。今年は色々とお世話になりました。来年もどうぞよろしくお願い致します。」早見は、飄々《ひょうひょう》とした表情でそう言うとウィナーズサークルに向かっていった。

「なんなんだあいつは！　ホントいけ好かねぇ野郎だぜ。」岸田はそう毒づいた。

しかし、高梨は早見が何を言いたかったのか何となくわかっていた。それは高梨もうすうす感じていた事だったからだ。感じていたのはこの二人だけではなかった。スタンドにいるファンも、レースに出ていた他の騎手たちも、絶好の内枠を引いたにもかかわらず、出遅れた岸田の騎乗に、誰もが違和感を持っていたのである。

高梨は今後の為にも岸田に今日のレース運びや戦術について反省を促したかったのだが、全く悪びれる事もなく、かえってホープフルステークスというGⅠの大舞台でホワイティを2着に持ってきた事をオーナーたちに労われていたので、この場の雰囲気を壊すのもはばかられ、高梨も仕方なく言葉を飲み込んだのだった。

確かにこのレースで2着に入ったという事は、天と地ほども違う大きな収穫だった。2着賞金の半分の金額が本賞金に加算されるので、来年の3冠路線にこれで乗る事が出来たのである。もし、3着以下だったら本賞金は加算されないので、来年の3冠路線に乗るには3冠競走への出走権利を取るまで、いくつかあるトライアルレースを走らなければばならなかった。その違いは大きい。3冠レースへの出走権利を有していれば余裕のスケジュールで体力を温存しながら本番に臨む事が出来るが、権利を有していなければ権利を取るためにトライアルレースを全力疾走しなければならない。その意味は、仮にトライアルで出走権利を得たとしても、もう本番で走る力を使い果たしてしまっているという事なのだ。そういった意味では、今日は岸田の功を労わなければばならない。寧ろ、出遅れなかったらブラッキーに勝てたかもと思った自分の方がおかしいのかもしれないと高梨は思った。いくら2戦連続でブラッキーの2着になったからといってそう簡単に逆転出来る内容の2着な訳ではない。もしブラッキーに絡んでいって先行策を取っていたら、2着にも来られずに馬群に沈んでいたかもしれない。そう考えると今日の出遅れはかえって地獄に仏なのか。そう納得しようと思った時、早見の勝利者インタビューがモニター前の連中を釘づけにしていた。

「今日は内枠に速いのがいたので、絡まれたらいやだなと思っていたのですが、出遅れてくれたので助かりました。」

早見はそう言うと照れ笑いを浮かべ頭をかいていた。高梨は〝はっ〟と思った。ブラッキーもそうだが、ブルーサンダーの産駒は得てして先行型が多い。後方から追い込むのは、寧ろホワイティだけだ。今日の第2レースの未勝利戦を勝ったブルーサンダー産駒も逃げ切り勝ちだった。昨日の新馬戦で勝ったブルーサンダー産駒も、その前の未勝利戦もだ。高梨は思った。次は何が何でも絶対に先行策を取らなければならないと。

第四章　理由《わけ》

年が明けた2019年元旦、岸田は横浜のある墓地にいた。岸田は、毎年元旦になるとここに来て線香をあげる事にしている。それも早いもので、今年でもう23回目になった。岸田はここに来るたびに様々な葛藤に追い込まれる。来れば辛くなる事はわかっていた。だが、敢えて岸田は足を運んだ。それが生きている自分の、せめてもの贖罪《しょくざい》だと思っていたからだ。

1996年春、クラシック3冠レースを迎えるこの時期、クラシックへの出走権のない若駒たちの間では熾烈な権利取り争いが繰り広げられていた。岸田のお手馬は、それに違わず1冠目の皐月賞の出走もおぼつかない500万条件の馬だった。とは言え、将来は有望視されていたので、岸田は何とか権利を取ってクラシック路線に乗せたいと、トライアルレースであるスプリングステークスで皐月賞への優先出走権が得られる3着以内を目指していた。岸田の馬は3番人気。このレースの本命馬は既に皐月賞の出走に必要な賞金を得ており、このレースはほんの足慣らしの為の出走だった。つまり、実質2枠を巡って有力馬4頭が争う形となった。

岸田は第4コーナーを3番手で回り、何とかこのまま3着以内を目指して最後の直線にかけた。ところが岸田のすぐ後ろに、岸田の親友である近藤の操る馬が脚色良く迫ってきていた。ゴールまで250メートル。岸田も近藤も既に前の2頭には追い付けない状況になっており、二人は最後の1枠である3着をめぐっての壮絶な叩き合いとなった。双方とも必死の叩き合いだった。ここで3着になるのと4着になるのとでは雲泥の差だからだ。親友といえども二人は譲れなかった。鞍上も必死なら馬も必死に走った。死にもの狂いの必死さゆえに、心臓破りの急坂にこたえた最内の岸田の馬が苦しがって外の近藤の馬の方に一瞬よれた。岸田は慌てて手綱を右に引いて体制を立て直そうとしたが、外に弾き飛ばされた近藤の馬がさらに外のもう1頭の馬に接触し弾き返される様にして内の岸田の馬に被さってきたのだ。コントロールを失った近藤の馬にはもはやなす術はなく、近藤の馬は人馬共に内ラチに激突し大事故となってしまった。岸田は幸いにも打撲程度の軽い怪我で済んだのだが、近藤は頭部を強く打ち、帰らぬ人となってしまったのである。

岸田が毎年元旦に足を運ぶこの墓の眠りの主は、この近藤なのである。岸田は毎年ここに来るたびに〝自分も命あるうちに騎手生活とはおさらばしよう〟と思うのだが、それはかえって〝死〟を意味する事でもあった。騎手以外の仕事で生計を立てていく自信もない岸田にとって、危険を避け、無難に稼げるミスター掲示板の騎乗は、唯一自身が生ける術だったのである。

正月も2日目ともなると、美浦トレセンもおとそ気分は抜け、今年最初の重賞レースである中山金杯（GⅢ）に向けて出走予定馬は最終追切に入る。しかし、金杯もその他のレースにも出番のない岸田は慌ただしく追い切りをこなす美浦トレセンの喧騒をよそに、熱海温泉で上げ膳据え膳を楽しんでいた。特に熱海温泉でなければならない訳ではなかったのだが、初めて近藤の墓参りをした年に、せっかく横浜まで出てきたのだからと、足を延ばしたところがたまたま熱海だったというだけの話だ。本当は箱根か伊豆あたりの温泉に行こうと思っていたのだが、滅多に電車に乗る事のない岸田には、目的地にたどり着くまでの根気が続かなかったにすぎない。〝どこで降りればいいのだろう？〟と考えているうちに辿り着いたのが、ここ上野東京ラインの終点熱海だったまでだ。そんな行き当たりばったりで決めた熱海での上げ膳据え膳の正月も、あまりにも非日常だった事が気に入って、本当は近藤の墓参りに来たのに不謹慎とは思いながらも、今年で23回目という、岸田にとっては夏の北海道と共に正月の恒例行事になっていた。

岸田が、正月にここ熱海に足を運ぶのは決して男やもめ一人でという訳ではなかった。確かに訪れる時は一人だが、毎年この熱海に滞在する三日間は昼夜共に過ごす女がいた。といっても、特にこの女が岸田の彼女という訳ではない。その正体は熱海の一売れっ子芸者〝明美〟だ。明美とは勿論源氏名である。岸田が明美に関して知っている事は、この源氏名と携帯の電話番号だけだ。本名もさることながら、出自も素性も全て謎のままだ。

岸田と明美が出会ったのは、岸田が初めてここに辿り着いた二十三年前の正月だった。その時はただの客と芸者の関係だったが、二人は直ぐに意気投合し、男と女の関係になるのにそう時間はかからなかった。しかし、不思議と二人は正月の三日間だけしか逢う事はなかった。最も、普段はお互いの仕事の関係で休みは合わないし、岸田は仕事柄携帯電話などの個人的なツールが身近にある事が少ない。特に競馬が開催される土日は、公正を期すためにＪＲＡに携帯電話を没収され、一切外部と連絡が取れないのだ。それ故、普段はあまり連絡を取らなくなり、いつしか正月三が日に逢う事で一年分の思いを爆ぜる関係になっていた。

年にたった三日だけしか逢えない関係だったが、それでも明美は岸田に思いを寄せていた。しかし、未だにその思いは成就していない。一見何の障害も無いように思えるのだが、それを頑なに拒み続けたのは、実は岸田の方だった。明美にとって男の数など枚挙にいとまがないが、言い寄る数多の男には目もくれず、未だに独り身を貫き通している。何故そうし続けているのかは、もはや本人の明美にもわからなかった。

今年も明美のセッティングで高級旅館の良い部屋を押さえ、二人で過ごすには広すぎる和室で二人は顔を合わせた。

「ヒロ君お帰り。」明美はそう言って岸田とビールグラスを合わせた。

明美は岸田と再会する時は必ずこう言う。ヒロ君とは明美が岸田を呼ぶ時の愛称だ。

「おい、そのヒロ君ってのはいい加減やめてくれないか。俺はもう五十だぜ。」

「そんな事言ったたって、今更なんて呼べばいいのよ。」

「博さんとか、他にいろいろあるだろ。」岸田のファーストネームである。

「今更こっぱずかしくて言えないわよ、ひ・ろ・しさんだなんて。いいのいいの、ヒロ君はヒロ君よ。」そう言って、明美は笑った。

「チェッ、好きにしろよ。」

「それより、早く食べましょ。それにしても今年はすっごい料理ね。さては昨年相当稼いだな。」

岸田は、明美にそう言われてホワイティの話をしたかったが慌てて飲み込んだ。この三日間は馬の事は忘れることにしていたからだ。話したところで、明美には全くわからない世界だ。岸田にとって、夏の北海道と正月のこの熱海は何ものにもかけがえのない至福の時間なのである。

「明美、そういえばお前今年で幾つになる?」岸田は蟹の殻を剝きながらそう言った。

「ヒロ君が五十なら必然的にあたしは四十三よ。七つ違いなんだから。」

「早いとこ行かないとマジで行かず後家になるぞ。」

「そう思うなら早くもらってよ。」

「だから何度も言うが、俺の仕事は死と隣り合わせなんだ。結婚してすぐに女やもめになってもいいのか?」

「いつもそう言うけど、そう言ってもう二十三年も生きてるじゃない。」

「そりゃたまたま運が良かっただけさ。いつだって近藤の様になり得るんだ。」

「いいじゃない。男やもめは蛆《うじ》がわくっていうけど、女やもめには花が咲くのよ。」

明美は鬼の首でも取ったかのような顔でそう言った。

「……」

岸田は、一応明美に気を使っているつもりだったが、いつも明美は意に介さなかった。岸田は、そんな明美に甘えているつもりはなかったが、二十三年もこんなことを続けているのだから甘えていないとは間違っても言えた義理ではなかった。

食事が済むと、明美が用意した岸田の大好物の〝田酒〟を飲《や》りながら積もる話をお互いが捲くし立てた。

「ヒロ君は、あたしに早く嫁に行けって言うけどさ、別にほっといてくれていいのよ。」

「そうはいかねぇよ。」

「今更ヒロ君のお嫁さんにしてもらおうなんて思ってないわよ。ただ、毎年このお正月の三日間だけはあたしに逢いに来て。」

「そりゃぁ、俺に取っちゃ願ったり叶ったりだけどよ。」

「あたしね。この仕事が好きなのよ。」

「芸者がか？」

「うん。そりゃぁ、昔ほどお客さんも来なくなっちゃったし景気も良くないけどさ。多分、ヒロ君の奥さんになれても、朝早くなんて起きられないしずっと家に居ることもできない。」

「そ、そうか？」

「うん。あたしはこうして三日間だけでもヒロ君に逢えれば満足。だからヒロ君はなんにも気にしないでいいの。ただ、一つだけお願いがあるんだ…」

「なんだい？」

「嫌だって言わない？」

「そりゃぁ、聞いてみないとわからんさ。」

「照れ屋で恥ずかしがり屋のヒロ君だからな…」

「なんだよ、勿体ぶるなよ。」

「だから嫌って言わないって約束して。」

「しょうがないな。その代わり変なお願いはなしだぜ。」

「本当よ。」

「……」

　岸田は一つ頷くと構えた。

「今日からあたしの事は〝かおる〟って呼んで。」

「かおる？」

「あたしの本名。」

「二十三年も経って今更どうしたのさ？」

「ヒロ君だけにはみんながあたしを呼ぶ明美じゃなくて本名で呼んでもらいたいって
ずっと思っていたの。」

岸田は滅多にわがままを言わない明美からの一言に暫し困惑した。

「ねぇ、お願い。」明美はそう言うと岸田の顔を覗き込んだ。

暫し照れて困惑した岸田だが、やがてテーブルを退かし明美の隣に座ると、

「かおる…」と、笑顔を浮かべて明美を抱き寄せた。

「うそ！　ホントに呼んでくれた。ありがとう。」

「俺も他の奴らがお前を呼ぶ呼び方が嫌になった。〝かおる〟って呼べるのは俺だけなんだろう？」

「勿論よ。」

「かおる、もっとこっちにおいで。」

そう促されるとかおるは無邪気に岸田の胸に飛び込んだ。岸田が優しくかおるを抱きしめるとお互いの鼓動が高鳴った。何も聞こえなかった。何も考えられなかった。感じるのはただただ繰り返されるお互いの鼓動と熱い吐息だけだった。ほんのり赤く染まったかおるの唇に岸田は唇を重ねると、やがてこの世とも思えない別世界に誘われるかのように、岸田はかおるの世界にあまねく溶け入っていった。

一方、岸田が留守をしている高梨厩舎の事務所に、正月早々、珍しい客人が現れ

た。それは何を隠そう早見だったのである。早見は、岸田が自分の事を嫌っているという事をよくわかっていた。それ故、岸田不在の日を狙って訪ねてきたという訳だ。

「ほう、これは珍しいお人が現れたな。」高梨がドアをノックして入ってきた早見の姿に思わずそう言った。

「高梨先生、新年おめでとうございます。」

「挨拶はいいよ。まぁ、掛けたまえ。」高梨はそう言って早見にパイプ椅子を差し出した。

「手ぶらですみません。」早見はそう断ると、椅子を広げて腰かけた。

「構わんさ。で、赴きの用は何かね？」

「早速ですが、先生は岸田さんの事をどう思っておられるかと思いまして。」

「どうって、あれでもうちのエースだ。信頼しているさ。」

「ホープフルステークスの騎乗でもですか？」

「ホープフルステークス？　何か問題でも？」

「岸田さんはわざと出遅れたのだと思ったものですから。」

「何だって？　早見君、滅多な事を言うもんじゃないよ。」高梨はそう言うとソファから身を起こした。

「発馬の時、確かに岸田さんは手綱を絞っていました。」早見はそう高梨に説明した。

「それは本当かね？」

「はい。あの枠順でしたから、今度はいくら何でも先行策で来ると思って警戒していたんですよ。あの末脚を好位から発揮されては、さすがのブラッキーも差され兼ねませんからね。」

高梨は困惑した。確かに、ホープフルステークスは絶好の内枠だった。さすがの岸田も今回ばかりはある程度は前に行くだろうと思っていたし、ゲート出の良いホワイティが出遅れるとは確かに考えづらい。

「つまり、ドンさんはわざと負けたと？」

「いえ、打倒ブラッキーを掲げているのですから、それでは矛盾します。」

「では何故出遅れたりなんてしたんだろう…」

「そうですか、もしかしたら先生なら何かご存じではないかと思いまして…」

「全く寝耳に水だ。」

「それにしても、何故岸田さんはそんなに後方一気に拘るんでしょうか？」

「それは、それがドンさんの常套手段《じょうとうしゅだん》だからさ。」

「常套手段？」

「ああ。大抵の馬は勝とうとしなければ、つまり掲示板狙いであれば、後方で力をためて直線だけで何頭か負かせられる。ドンさんはそのコツをつかんでいるのさ。」

「勝つつもりはないって事ですか？」

「そうじゃないが、勝てる馬じゃないんだから仕方ないだろ。無理に勝ちになんか行ったらそれこそ最下位もある。それより5着で良いんだよ。それで賞金が入ってくる。万一追い込み切れなかったとしても8着までに入れば数十万円の出走奨励金を手にする事が出来るからな。」

「なるほど。でもそれは馬券を買ってくれるファンを裏切ってやしませんか？」

「そうかな。うちの馬は所詮人気薄ばかりだ。当たると思って馬券を買うファンはほとんど居ないさ。期待しているのは、たまにあるだろう？　3着以内に来る事が。そう、大穴馬券になる事さ。」

「確かに岸田さんが馬券に絡めばお祭り騒ぎですよね。」早見はそう言うと笑った。

「ああ。だが、それより私たちが大事にしているのはそんなファンより馬主の方さ。馬券に絡むよりも着賞金を銜えてくるほうがよっぽど大事なんだ。だから掲示板狙いなのさ」

「なるほど。僕らとは競馬そのものが違うんですね。」

「そりゃそうさ。君が乗る馬は勝たなければならない使命にある馬だろう？　何千万も時には何億もする馬ばかりだ。でも、私たちが扱う馬はせめて数百万円、高くても一千万円程度の馬さ。1勝さえすれば取り敢えずレースには出続けられる。あとはどう賞金を稼ぐかなんだよ。」

「立場的な事情がある事はわかりました。でも、実は僕たち若手騎手の間では、岸田さんのその騎乗がちょっと問題になっているんです。」

「何だって？」高梨は、思わぬ早見の言葉に眉をひそめた。

「いつも無理やり最後方に下げようとするので、枠順やスタートのタイミングによっては進路が狭くなったりして、結構迷惑を被っているんですよ。」

「本当かね？」

「ええ。皆は表立っては言いませんが、いつか取り返しのつかない事故でも起きやしないかとヒヤヒヤしているんです。」

「ドンさんは、その事を知っているのかい？」

「いいえ。皆岸田さんに睨まれたくないので言わないんです。だから僕が代表して今日伺わせてもらいました。なにせ、毎年今時期岸田さんは熱海で不在だという事はわかっていましたから…」

「なんだ、そんな事まで知れ渡っているのか。」

「知らない者などいませんよ。皆羨ましがっています。」そう言うと早見は苦笑した。

「赴きの主旨は理解した。それとなく私から話をしてみよう。私もホワイティに騎乗する時は、掲示板狙いではなく勝つつもりで乗る様に指示をしようとしていたところさ。」

「ご理解頂いて助かりました。」そう言うと、早見は一礼して事務所を後にした。

　高梨は、早見が帰ったあといてもたってもいられなかった。まさか岸田がわざと出遅れたなんて。勝つために後方に下げるのなら当然それは戦略だが、そうする事によって勝機を失うのなら本末転倒だ。高梨は、ホープフルステークスのビデオを取り寄せ、何度も検証した。しかし、ビデオを見る限りでは真偽のほどをうかがい知る事はできなかった。こうなったら、次走の共同通信杯で確かめるしかない。高梨は、枠順が内だろうが外だろうが、今度は何が何でも先行策を取る様に岸田に指示を出す事を決めたのだった。

第五章　３歳頂上決戦への道　ＧⅢ共同通信杯

高梨は、早見と会って以来、胸に何かつかえたままの日々を過ごしていた。しかしそれも来週の共同通信杯ではっきりするはずだ。年が明けて3歳となった馬たちにとってこのレースからはクラシックへの指標となっていくレースが続く。ブラッキーとホワイティは既に3冠の1冠目である皐月賞出走に十分な賞金を持っているので、2頭にとっては足慣らしのレースではあるが、ここで馬券に絡めない様では到底皐月賞で活躍など出来様はずもない。

ブラッキーもホワイティも順調に冬を越し調教を重ねてきた。頑丈なブラッキーは何の不安もなく、骨膜炎が心配だったホワイティの足元もすっかり良くなり、体も445kgと一回り成長した印象だった。すべてが順調に推移していた2頭だが、高梨にとっては岸田の浮かれた存在が唯一の悩みの種だった。今となっては、ホワイティだって立派にクラシックを狙える器に成長したと高梨は評価していたが、肝心の鞍上を預かる岸田は、相変わらずブラッキーがいる限りクラシックを勝つなど絵に描いた餅に過ぎないと考えていたのである。この温度差は、約2ヶ月の月日を経て二人にあった固い絆が徐々にほどけ始めている様に高梨は感じていた。

ところが、一方の岸田は相変わらずミスター掲示板を地で行っており、最後方から一気にまくる競馬ファンうけするパフォーマンスで変わらぬ人気を博していた。4・

5着専門とはいえ、出走する馬に確実と言っていいほど着賞金を銜えさせてくるので、高梨はそう表立って文句も言えなかった。確かにホワイティ以外の馬ならそれで良い。それで良いどころか、寧ろその方が良い。だが、ホワイティに跨る時だけは昔の様に闘争心を剝き出しにしてほしかった。そう、岸田は昔は気の強い闘争心豊かなジョッキーだった。それがいつからかミスター掲示板などというふざけた異名を取り、去年ホワイティで勝利を収めるまで、実に2年も勝っていなかったのである。普通ならそんな騎手はとっくに廃業だ。現に岸田は、ファンからは支持をされているが、他の騎手からは殆ど相手にされていない。

岸田が変わったのは23年ほど前からだった。やはり親友の近藤を亡くした事がこたえているのかと高梨は思っていた。無理もなかった。岸田の操る馬の外斜行が原因で近藤は死んだ。寧ろ、今も馬に乗り続けている事の方が不思議なくらいだ。もしかしたら何か近藤との隠された秘密のためにわざと阿保を演じているのかもしれない。高梨はそう思っていた。

共同通信杯の水曜追切の日。岸田がホワイティの追切の為に朝早く起きてきた。

「先生、おはようございます。」岸田はあくびをしながらそう高梨に挨拶した。

「ご苦労さん。今朝はいつもの坂路ではなく、3頭併せを消化してもらう。」高梨は開口一番そう言った。

「えっ？　ちょっと待ってください。昨日は単走で坂路をやるって言ってたじゃないですか。」

「いや、今後は後方待機ではなく、先行策を取ってもらう。その為に先行出来る様な調教に切り替える事にした。」高梨はきっぱりと言い切った。

「いきなりそう言われても…　3頭併せなら他の誰かにやらせてくださいよ。」

岸田は併せ馬の調教はなぜかいつも調教助手にやらせ、自分でする事はなかった。

「いや、今日からホワイティに限っては、併せ馬も坂路も全てお前さんにやってもらう。」

「何ですか、いきなり。」岸田は力なくそう言うと怪訝そうな顔をした。

「とにかく、そういう事だ。」

高梨は嫌がる岸田に無理やり3頭併せを走らせた。一番内にホワイティを、中と外には一応厩舎では速い方の馬を併せた。

先ず2頭を先行させ、3馬身後からホワイティが追いかけた。すぐさまホワイティが内から並びかけ、しばらく並走したのちに抜き出るというものだった。しかし、いつまでたっても岸田はホワイティに鞭を入れなかった。他の2頭が困惑しながらホワイティを待っていた。しかし、結局岸田は2頭に並ぶ事もなく、1馬身後ろでじっとしたまま併せ馬を終えてしまったのだ。これには温厚な高梨もさすがに怒った。

「ドンさん！　どういうつもりだ！」高梨は、指示を無視した岸田にそう怒鳴った。

「すみません。でも、なんで先行しなければならないんです？　後方追い込みでちゃんと結果が出ているじゃないですか。」岸田はそう反論した。

「どう結果が出ていると言うんだ？」

「札幌もホープフルもちゃんと2着に持ってきたじゃないですか。」

「2着じゃだめだから言ってるんだ。」

「ちょっと待ってください。まさかブラッキーを負かせられるとでも？」

「ああ、思ってるさ。」

「勘弁してください。次元が違うんですよ。」

「それで片付けるのかね。」

「仕方ないじゃないですか。いくら精神論を言ったところで、現実問題はそう簡単な話じゃないって事ですよ。」

「そんな事はお前さんに言われなくったってわかってるさ。」

「じゃ何で…」

「今までの馬たちならミスター掲示板の走りで良かったかもしれない。確かに、出走奨励金でさえ銜えてこられるかどうかっていう馬たちだったからな。でも、ホワイティはそうじゃない。あの怪物ブラッキーの2着に来てるんだぞ。それも歯牙にもかけられない差じゃない。ブラッキーと共にレコードを更新している走りなんだよ。今、一番ブラッキーを負かせられるのはホワイティなんじゃないのか？」

「そうでしょうか。ホワイティが出したそれらのタイムは、あくまでもブラッキーに引っ張られて出せたタイムだと思いますがね。」

「馬鹿言うな。いくら引っ張られたからってそれだけで出せるタイムではないよ。あれは間違いなく実力さ。」

「だからって、先行策を取るって意味がわかりませんよ。逆に、ボロ負けするかもしれないじゃないですか。」

「そうかな。展開に左右されやすい後方一気よりは可能性があると思うがな。現に、ブルーサンダー産駒は先行馬が多いじゃないか。」

「そうは言いますが、もうかれこれ2年も後方追い込み型の調教をしてるんです。とりわけ、今度のレースは東京競馬場です。直線の長い東京で、今度こそ後方一気の末脚が武器になると思いますけどね。」

高梨は、どうあっても掛けあおうとしない岸田を窘めたが、反面、言っている事も一理あると思った。

「よろしい。ではこうしよう。共同通信杯でブラッキーに勝てなかったら、今後は私の方針に従ってもらう。どうかね？」

「その取引は、俺にちょっと不利じゃないですか。いくらトライアルだからって、次元の違う器に勝つとは約束できませんよ。」

「なら今から私の方針に従ってもらおうか。私の方針を否定すると言う事は勝つ自信があるという事だろう？」

岸田は、高梨のこの指摘に一瞬言葉に詰まったが、

「わかりました。こっちも意地です。見事ブラッキーを蹴散らして見せましょう。」

岸田はそう大啖呵を切った。

成り行き上、岸田は上げた拳を降ろせなくなった訳だが、あの朴訥《ぼくとつ》で優しい高梨がいつになく興奮し、勝負にムキになっている事が理解できなかった。

〝先生も人の子って事か…〟

岸田はそう片付けたが、実際勝てなかったらどうなるのだろうと不安になった。し

かし、もう後には引けない。何としてでも、最後の直線で抜け出し、逃げるブラッキーをかわさなければならない。それが出来なければ、岸田は自分の騎手生命さえも終わるかもしれないと思ったのである。

大風呂敷広げてしまった岸田ではあったが、実のところ、ブラッキーを蹴散らせる自信などどこにもなかった。それ以前に、このホワイティがまさか百年に1頭の名馬に勝負を挑む構図になろうとはさらさら思っていなかったのである。いつもの様に掲示板を目指して、人馬共に無事に馬場を一周して着賞金にありつく。それで生活さえできればよかったのだ。それがどうだ。いざレースを走ってみれば、調教でさえ見せなかった豪脚で、掲示板どころか最後方から全馬をごぼう抜きするという離れ業であっさり新馬勝ちを収めてしまった。それは、滅多に勝利の美酒を味わった事のない厩舎は浮足立つに決まっている。ましてや新馬戦を勝っただけではなく、2戦続けて怪物ブラッキーの2着に、それも、過去のコースレコードを更新するタイムで駆け抜けている。しかし、岸田にとっては正直迷惑な話だった。波風立てず、当たり障りなく駄馬を掲示板に入線させ着賞金を稼ぐ。それで良かったのだ。贅沢なんて諦めていた。名声などというものにも興味はなかった。馬のために心血注いで近藤は一体どうなったと言うのだ。死んでしまっては元も子もない。人間は生きていればこそなのだ。岸田にはわかっていた。舞台が、直線の短い中山競馬場や京都競馬場の内回りでは、追い込み一辺倒のホワイティはブラッキーに分が悪い事を。しかし岸田にはどうする事も出来なかった。後方でじっと待機し、直線で外に持ち出して抜け出すという芸当しかできない事は、自分が一番よくわかっていたからだ。それ故、もしかしたら今度こそはどうにかなるかもしれないとも思っていた。何故なら共同通信杯の舞台は、最後の直線が525・9メートルと長い東京に変わるからだ。後方追い込み型に最後の直線は長いに越した事はない。案外、あっさり勝ってしまうかもしれないとも思った。だから、誰が何と言おうと、岸田は最後方で死んだふりをして、最後の直線にかけると決めていたのである。

2月になると正月気分もすっかり抜け、いよいよクラシックに向けての出走権争いが激化してきた。デビューが遅れた素質馬にとっては賞金の高いレースに勝って出走権を得られるだけの賞金を積み上げるか、トライアルレースで規定着内に入り優先出走権を得るしかもはやクラシックに出る術はない。今日行われる共同通信杯もその一つである。前評判の高かった1勝馬がこぞって参戦してきていたが、ブラッキーとホワイティの2頭に関してはこのレースに出る意味合いが少し違っていた。皐月賞本番まではまだ2ヶ月余りあるので、レース勘や脚が鈍らない様にするための足慣らしだった。そしてホワイティには別の使命があった。このレースでブラッキーを蹴散らさなければならないという事だ。もし、直線の長い東京競馬場でブラッキーの逃げ切りを許せば、以後のレースでホワイティが勝てる可能性は殆ど消滅する。ここはどうしても負けられない一戦なのである。

レースが行われる当日、晴天につつまれた東京競馬場には、まるで日本ダービーでも行われるのかと見まごうほどのファンが続々と押し寄せていた。ファンの興味もブラッキーとホワイティの勝負の舞台が東京競馬場に移ったという事だった。果たしてホワイティは直線の長い東京に変わってブラッキーを捕らえる事が出来るのか、という点が最大の焦点だった。

15時45分。東京競馬場に重賞のファンファーレがこだました。東京第11レース共同通信杯のスタートである。過去にこのレースを勝ってクラシックを手にした馬は数多だ。まだクラシックへの出走権利の無い馬は自然と力が入る。堂々の後方待機宣言を表明したホワイティは、今回オレンジの帽子7枠13番に入った。外過ぎず内過ぎずの良い枠だ。ブラッキーはさらに5頭内の黄色い帽子5枠8番に収まっていた。

ゲートが開いた。例によってブラッキーが難なくスッと先頭に躍り出る。やはり競り掛けていく馬はいない。鞍上の早見は手綱を持ったままだが、馬なりでどんどんその差は開いていく。

〝おいっ、お前らもう少し前に行けないのか？　これじゃ奴に勝ってくださいと言っている様なもんだぜ〟

岸田がそう心の中でつぶやくがこの思いが誰に届く訳でもない。何故なら皆2着狙いだからだ。自ら競り掛けて自滅する馬鹿など居ようはずもない。

向こう正面の直線を最後方から走る岸田から、ブラッキーは遥か先に見えた。いくら何でも離され過ぎだった。と言って今動けば3・4コーナーを大きく馬群の外を廻らなければならずロスが大きい。結局岸田は、最後の直線に向くまで最後方でじっとしているしかなかった。これがいわゆる高梨が力説していた展開に左右されやすく、他力本願になりやすいという事態だった。先行できれば自分のペースでレースを作れる。しかし、後方追い込み型では、先行馬がやり合って速いペースになってバテてくれないとなかなか追い込みは効かない。

理屈はどうあれ、現実問題ホワイティが勝つためには、遥か25馬身も先にいる〝黒い逃亡者〟を捕まえなければないのだ。

ブラッキーが最後の直線の坂に差し掛かった。その頃ようやくホワイティは直線に向いた。その差はたっぷり25馬身だ。しかし、運よく目の前の馬群をかわすのはそう難しい事ではない状況になっていた。普通なら馬群は横に広がって前が壁になりやすいのだが、今日に限って馬群は縦長になっていたのだ。これなら、そう大きく外に持ち出さなくても馬群をかわしていける。岸田はホワイティの手前を変えると鞭を振るって我武者羅《がむしゃら》に追った。リズムよく首を押す岸田に応えてホワイティもいつもの様に重心を落として加速した。しかし、ゴール線までまだ150メートルもあると言うのに勝負は明らかだった。それほど、誰の目にも逆転は不可能と思われるくらい、ブラッキーの脚色は衰えず、保ったリードもセーフティなものだったのである。結局、25馬身あった差を、ゴール線でなんとか2馬身半差にまで縮めるのがやっとのところでホワイティは2着でゴールした。

岸田が、検量室に向かうため地下馬道の入り口がある正面スタンド前に戻ってくると、観客から一斉にブーイングが起こった。

〝バカヤロー！　あんなケツから行って勝てると思ってんのか阿保んだら！　馬鹿の一つ覚えもいい加減にしろ！〟

と観客の一人が叫んだ。仕方のない事だった。それだけ今日は、誰もがホワイティの逆転劇を期待していたのだ。しかし、いくらなんでも無謀過ぎた。どんな怪物とて、最後の直線だけで25馬身をひっくり返したなどの話は聞いた事がない。この敗戦は明らかに岸田の責任だったのである。

検量室に戻ると、二つの顔が岸田を待ち構えていた。一つはこれ見よがしに腕組みをして岸田を睨みつけている高梨だ。そして、もう一つは、ホワイティの望外の活躍に歓喜するオーナー関係者である。同じ結果に対して二つの顔が存在する事に岸田は困惑したが、同時に少し救われた気がした。そう感じていたのは、高梨も同様だった。確かにオーナーの立場に立って考えてみれば、デビュー当初のホワイティの状況では、着賞金さえ銜えてきてくれればそれでいいと考えるのが自然だ。それが、立て続けに重賞レースで2着の高額賞金と、クラシックへの出走権まで銜えてくる。高梨は、それでもそれを不満に思う自分は何故なのか必死に考えていた。結論は簡単だった。それは、ホワイティの存在感にあった。生まれた時から百年に1頭の逸材と前評判のブラッキーは活躍して当然だが、ホワイティはというと、未勝利戦すらも勝ち上れないのではと思われたその他大勢の中の1頭に過ぎなかった。しかし、いざ蓋を開けてみれば、その百年に1頭現るか否かの馬を脅かすほどの活躍を見せ始めている。ましてや、札幌2歳ステークス以来ホワイティはブラッキーの後塵を浴びてはいるが、いずれのレースも過去のコースレコードをブラッキーと共に更新しているのだ。

高梨はそれが悔しくて仕方がなかった。もし、この世にブラッキーがいなければ、ホワイティは間違いなくレコード勝ちを重ねていくスターホースになっていったに違いない。しかし、ブラッキーがいる限りそれは叶わないことなのか。そう思って高梨はため息を吐いたが、直ぐに〝それは違う〟と思い直した。既に、百年に1頭の名馬に匹敵する走りをしているのに、このままではホワイティはブラッキーの影に埋もれてしまう。ホワイティが未勝利戦も勝ちあがれない駄馬ならば望外も甚だしい妄想かも知れないが、今となっては唯一打倒ブラッキーを掲げられるくらいの位置にいるのだ。高梨は決断しなければならなかった。岸田があくまでも追い込み一辺倒でいくなら、ホワイティの鞍上を明け渡してもらうしかないと。

第六章　3歳頂上決戦への道　GⅡ弥生賞

ホワイティの騎乗方法で意見が対立していた高梨と岸田だが、ある日とうとう衝突する出来事が起こった。今までの高梨厩舎にはオープン馬はおろか、準オープン級の馬すらいなかった。いるのはもっぱら未勝利クラスか、せいぜい500万クラスの馬ばかりだ。それ故、今まで高梨は、岸田が最後に追い込んで着が拾える様な調教しかしてこなかった。それはつまり単走で坂路を駆け上がる事が多かった。しかし、レースで前に行ける様にするためには、3頭で併せ馬をしてそれなりの調教に切り替える必要があった。しかし岸田は、その調教に跨る事を拒否したのである。

「先生、3頭で併せるなら他の奴らにやらせてくれと以前も言ったはずです。」岸田はヘルメットを脱ぎ捨てるとそう言った。

「ほう、私の指示には従えないと言うのかね？」すかさず高梨がそう返した。

「そうじゃないですが、そういう攻め馬はいつも他の連中がやるじゃないですか。」

「しかし本番で騎乗するためには人馬共に調教で馴れてもらわんとならん。」

「お言葉ですが、俺は勘で乗るタイプなんで実戦で何とかしますよ、それは先生が一番わかっている事じゃないですか。」

「掲示板に載せられるかどうかというレベルの勝負ならそれでいいさ。しかし、ホワイティの場合は勝たせなければならないんだよ。」

「先生、それはちょっと高みを見過ぎじゃないですか？」

「何だって？」

「だってそうじゃないですか。オーナーの栄光ファームは、現状のホワイティに満足してるんですよ。それでいいじゃないですか。」

「本気で言ってるのか？」

「本気って、まさか本当にブラッキーに勝とうなんて思ってやしませんよね？」

「いや、思ってるさ。」

岸田は、思わず苦笑しながら首を横に振った。

「何がおかしい？　ホワイティはその器だと私は思っているがね。」

「何度やっても同じだと思いますよ。」岸田はそう吐き捨てる様に言った。

「お前さんがてっぺんのうちはそうだろうな。」鞍上の事である。

「どういう事です？」

「いいか、ホワイティのブラッキーとの対戦成績は確かに全敗だ。でもな、その全てのレースの走破タイムは、どれもレコードを更新しているんだよ。」

「わかってますよ。でも現実問題、ブラッキーがその前にいるのも事実です。」

「私はそういう事を言ってるんじゃないんだ。」

「じゃ、何だっていうんです！」岸田は、言葉を少し荒げてそう言うと高梨に向き直った。

「ブラッキーが百年に1頭の名馬だと言うなら、ホワイティだって既に百年に1頭の名馬なんじゃないのか？　しかし、2着じゃ歴史に名は残らないんだよ。お前さんは、このままホワイティの名が歴史に埋もれていってもいいのか？」

「そりゃあ、何とかなるもんなら何とかしてあげたいですよ。」

「お前さんが、今後も先行策を取らないと言うなら、次走から他の誰かに鞍上を替わってもらうしかないな。」

「他の誰かって、一体誰に？」

「フリーのジョッキーなんていくらでも居るだろう。」

岸田は、必死に言い返そうとしたが、言葉が出てこなかった。それは、心のどこかで高梨の言っている事が図星である事がわかっていたからだ。

「なんなら早見君にでも頼んでみるか。」高梨は、ぐうの音も出ない岸田を認めると敢えてそう続けた。

「何を馬鹿な事を。奴にはブラッキーがいるじゃないですか？　第一、早見が〝うん〟と言う訳がありませんよ。」

「そうかな。正月、お前さんが留守の間に一度彼が顔を出した事があったんだが、その時はまんざらでもなさそうだったぞ。」

「なんですって…」

岸田はその話を聞いてちょっとショックだった。高梨だけは自分を理解してくれている唯一の人間だと思っていたからだ。それが、人が留守の間に天敵早見とそんな話をしていたなんて、岸田はなんだか裏切られた様な気がしてならなかった。

「わかりました。先行すれば文句はないんですね？」

「いや、先行して勝つんだ。」

「ブラッキーがいないレースででも先行するんですか？」

「そうだ。先ずは先行する競馬を覚えさせる。そして勝ってしっかりと勝ち癖を付ける事が肝要だ。馬だって人間と同じ、自信を付けさせてやらないと走らなくなってしまうからな。」そう言って、高梨は大きく頷いた。

「となると、ブラッキーの出走スケジュールが知りたいですね。皐月賞本番まで体力温存なのか、脚慣らしにトライアルの弥生賞かスプリングステークスに出るのか…」

「常識的には体力温存だろうな。」

「という事は、ホワイティは弥生賞とスプリングステークスどちらのレースに行っても奴とは当たらないって事ですよね？」

「だったらどうだと言うんだ？」

「皐月賞と同距離、同コースの弥生賞の方が予行演習になるって事になります。」

「ま、そう言う事になるな。」

「先生、一つお願いがあるんですが…」

「何かね？」

「もし、弥生賞でホワイティが勝ったら、皐月賞本番では俺の好きにさせてもらっても良いですか？」

「なんだと？　一体何考えてる？」

「別に。言葉の通りですよ。どうなんです？」

「まぁ、私が納得するレースをして勝ったのならな。」

「約束ですよ。」

「男に二言はないよ。ブラッキー不在のレースで勝てない様ではクラシックもクソもないからな。」

岸田にも意地があった。早見がホワイティに跨るなんてとてもじゃないが許せなかった。そんな事になったら、強い馬は益々早見に持っていかれてしまう。しかし、岸田は次走で先行する気などさらさらなかった。なんだかんだ理由を付けて最後方に陣取り、最後の直線で勝負をかけるつもりだったのである。相手がブラッキーでなければ簡単に抜き去れると思ったからだ。

〝勝てば誰も文句は言わないさ〟

岸田はそう楽観したのだが、思わぬ落とし穴がこの後待ち構えていたのである。

弥生賞の行われる前々週の水曜日、岸田がホワイティの調教方法の変更を受け入れ、いやいやながらも3頭併せの追い切りを行っていた時、高梨と岸田の耳に驚きのニュースが飛び込んできた。ブラッキーが弥生賞に出走するというのだ。これに慌てたのは当然岸田だった。

「奴は一体、何のために出てくるんですか？」岸田は、そう吐き捨てる様に言った。

「まったくだ。これじゃ、まるで弱い者いじめだ。」高梨もそう呆れた。

「3着以内に入らないと権利が取れないって言うのに、これじゃ実質1枠しか残ってないって事じゃないですか。」

「まぁ、そうだが、でもその理屈じゃ、私らもブラッキーと同類じゃないのか？」

「何がです？」

「3枠のうちの2枠をブラッキーとホワイティが奪うと言う事だろう?」

「あっ…」

「ほら見ろ。」

高梨はそうは言ったものの、勝負の世界だ、情けなどかけていられないと思った。まだ皐月賞に出走する権利のない馬たちにとって弥生賞は大事なレースかもしれないが、既に出走権利のある馬にとっても、このレースは大事な足慣らしなのだ。

しかし、ブラッキーの参戦は、岸田にとって大誤算だった。まさに大きな落とし穴であった。これで岸田の野望は大きく崩されたに等しい。それはまるで、早見が岸田の本性を見透かしているかの様だった。

「仕方ない。こうなったら前哨戦だろうが何だろうが、ブラッキーを蹴散らすぞ。」

高梨の鼻息は荒かった。

しかし、いつもなら冗談で返す岸田だったが、この時に限っては何か得体の知れない恐怖に襲われ、岸田は笑顔さえもつくれなかったのである。

弥生賞当日、天気はあいにくの大雨だった。南岸低気圧の影響で昨夜から雪交じりの雨が降り続いていた。この雨の影響で、馬場はドロドロの〝不良〟に悪化した。岸田は前売り状況を見ていてふと思った事があった。いままで、一度もホワイティの単勝オッズがブラッキーを上回った事がないのに、今日の午前中に、一時ホワイティがブラッキーを差し置いて1番人気になった時間帯が数回あったのだ。最終的には1番人気はブラッキーで1・7倍、ホワイティは2番人気で2・1倍だが、岸田にはこれが何を意味しているのかがすぐにわかった。今まではブラッキーを負かす馬なんていないと思うが故に、ブラッキー以外の単勝馬券を買う者などはずれて当然の覚悟だったのだろう。しかし、この倍率が示す事とは、ホワイティが本気で勝つと思っているファンが相当数いるという事なのである。岸田は、そう思うと高梨の言葉を思い出した。

〝ブラッキーを負かせられるのはホワイティだけだ〟

と言った事だ。確かに、その思いは岸田とて理解できた。ただ、高梨はブラッキーの末恐ろしさを実際のレースで体感していない。していないからあの様に簡単に言えるのだ。しかし、そうはいっても今日は何としてもブラッキーに勝たなければならない。勝たなければもうホワイティに岸田は自由勝手に乗れなくなるのだ。そう思うと、本当に早見は余計な事をしてくれたもんだと途方に暮れた。ブラッキーさえいなければ後方一気の差し切りで場内は拍手喝采だったのだ。いや、だったはずだ。しかし、ブラッキーがいるのでは、後方一気はもう通用しない。早見はもう、後方に陣取るホワイティが追い込み切れなくなる方法を熟知してしまったからだ。岸田は考えた。まともにブラッキーと張り合っては分が悪い。何か今までと違うホワイティに有利な要素はないものか。そう思いながら顎に手をやり、腕組みをしながら空を見上げた。

〝そうか！〟

岸田はそう言ってひらめいた。それは、今日のこの雨と不良馬場だった。ブラッキーもホワイティもドロドロの不良馬場は初めての経験だが、もしかしたらこの馬場が大きな番狂わせを起こすかもしれないと思った。大番狂わせは、得てしてこういった要素による事が多い。一瞬、岸田はニヤッとして唇を舐めた。それは、馬場の悪い時のレースの傾向を思い出したからである。

〝こうなったら、あれに掛けるしかない〟

今日、ホワイティがブラッキーに勝つには、岸田にはこの方法以外にはないと思っていた。

悪天候を味方に付ける秘策を思いついたあと、一瞬天気が回復する兆しを見せてヤキモキさせられたが、午後になって、たとえここで太陽が顔をのぞかせても、馬場が回復することなく不良馬場で弥生賞が行われる事が確実になって岸田はほっと胸を撫で下ろした。戦う全ての条件が整えば整ったで、やたらと時間が経つのが遅く感じた。何本も立て続けに火をつけた煙草が空になると、ようやく待ちに待った出番がやってきた。勝負服に着替えパドックに向かうと、早見をはじめ若手騎手たちは、岸田と目を合わせない様にと白々しく忙しそうに振る舞った。誰も岸田に拘わりたくはないのだ。それには岸田も〝わかりやすい奴らだ〟と、鼻で笑っていた。

返し馬を終え、輪乗り場に収まると、いよいよ運命の時がやってきた。弥生賞のスタートである。

例の如く、勢い良くゲートを飛び出したブラッキーは、いつものように楽に先頭に立つ。5番枠という、内に入ったホワイティは、今日は珍しく岸田に首をしごかれ中団に取り付いた。それを見た高梨は、久しく満足気な面持ちでレースに目をやっていた。

各馬が最初の急坂に差し掛かる時、逃げるブラッキーを中心に、馬群が徐々に外へ外へと膨らみ始めた。馬場が多量の水を含むと、走行頻度の高い内側が荒れ、足を取られて上手く走れないからだ。第1コーナーから第2コーナーにかけて、馬群は完全にコース3分の2外側に寄り、大周りになっていた。2000メートルも走るのだから、馬場の緩い内側を走ったのでは体力を消耗しかねない。よって、こうした馬場の悪い時は、大周りしてでも走りやすい外側を走るのが定石なのだ。レース前、岸田はこの事に気が付いたのだ。スタート直後はコース真ん中を走っていた岸田だが、馬群が外に膨らむにつれ、向こう正面ではいつしか馬群の最内に位置していた。他馬は皆馬場の良い所良い所を求めてどんどん外に膨らんでいった。岸田の狙いはそこにあったのだ。さすがのブラッキーもこの馬場では良馬場の様には動けない。もともとダートもこなすホワイティはこの不良馬場もそこそこなして走っていた。岸田は、ホワイティは皆が嫌う内の空いた馬場を苦にせず走れると踏んだのだ。

各馬が3・4コーナーを回り始めた時、岸田は、〝待ってました〟とばかりにホワイティの右手綱を引いた。さほど道悪を苦にしていなかったホワイティは、がら空きになった最内に切れ込み、ショートカット気味に最後の直線に入ったのだ。ブラッキーは大外を周っているのでまだ4コーナーの途中に居る。この奇策が、岸田がひらめいた〝あの方法〟だったのである。

〝行けるかもしれない！〟

内心そう思った岸田だったが、そこに一つ大きな誤算があった。それは、ブラッキーも道悪を苦にしないタイプだったと言う事だ。外目を走っていたブラッキーだが、ホワイティが内をショートカットして上がっていく様を見ると、ブラッキーはすかさず徐々に内を走るホワイティに馬体を合わせに寄ってきたのだ。やがて急坂途中辺りで馬体が合い、激しくぶつかり合った。脚色はややホワイティの方が良い。この時、誰もが初めてホワイティはブラッキーに勝てるかもしれないと思った。しかし、次の瞬間、岸田は鞍上で立ち上がり、ホワイティの口を大きく割るくらい手綱を引いた。

「おい！　どうした！」

調教師席にいた高梨は思わず立ち上がった。

岸田は、直ぐに体制を立て直したが、全て後の祭りだった。既にブラッキーはゴール線を駆け抜けていたのだ。ホワイティは2着で入線したが、電光掲示板には当然の事ながら〝審議〟の青ランプが灯った。

「早見に何をされたんだ！」高梨は戻ってきた岸田にそう叫んだ。

「ちょっと内に寄られました。」岸田はそう答えた。

「ちょっとって、あれだけ立ち上がるくらいだ。明らかに進路妨害だろ。」

「それが良く覚えていないんです。」

「覚えていないだと?」

岸田は思わずそうはぐらかしたが、実のところは痛いほどわかっていたのである。

しかし、岸田にはそうはぐらかすしかなかった。勝負所で手綱を引くなんて常識では考えられない行為をしてしまった背景には、岸田が最も人に知られたくない理由があったからなのである。

しばらくして審議についての説明が場内アナウンスされた。審議の内容は、最後の
直線走路でホワイティの進路が狭くなった事だったが、ブラッキーは進路を妨害して
おらず、着順を変更するまでには至らないというものだった。

「何だって!　どういう事だ?　進路妨害じゃないのか!」高梨はそう怒鳴りながら
パトロールビデオにかぶりついた。

検量を済ませた早見が、すかさず岸田の元に歩み寄ってきた。

「岸田さん、僕はそんなに寄ってませんよね?」早見は自分の正当性を主張した。

「降着にならなかったんだ。セーフって事だろ。」岸田は平静を装ってそう言った。

「じゃ、なんであの勝負所で手綱を引いたんです?」

「引いてなんかいねぇ。第一、お前には関係ねぇだろ。」

「関係なくないですよ。危うく僕のイメージが傷つくところでした。あれは誰が見て

も僕が悪い様にしか見えませんからね。」

「何がイメージだ。誰もお前のイメージなんぞに重きを置いてなんていねぇよ。」

「いや、確かに早見君の言う通りだ。説明してくれ、ドンさん。」高梨がそう言って割って入った。

「俺には内に寄られて進路がなくなるって感じたんですよ。」

「しかし、パトロールビデオを見る限りでは、十分進路は確保されていたじゃないか。」

「そう感じたんだから仕方ないじゃないですか。」岸田は、吐き捨てる様にそう言った。

　全く悪びれる様子もない岸田を前に、早見は怒り心頭に発するという顔で岸田の顔を睨んでいた。

「岸田さん、あなたは怖いんじゃないですか！」早見は、とうとう溜めていた思いを一気に吐き出した。

「怖いだと？　この俺が何を怖がっていると言うんだ？」

「岸田さんは、ラチと馬に挟まれて走るのが怖いんじゃないんですか！」早見が声を荒げた。

「何を訳のわからん事を言ってるんだ。」

「ゴール前で手綱を引いたのは、ブラッキーとラチに挟まれそうになったから、咄嗟に逃げようとしたんですよね？」

「そんな事あるもんか。」

「23年前の近藤さんとの事故が原因なのでは？」

「それは関係ねぇ。」

「いいえ。岸田さんはあの事故以来、一切内ラチ沿いを走っていません。それは走っていないいんじゃなくて走れなくなったからなんじゃないんですか？」

「な、なんだと！」

「ミスター掲示板を演じているのも、勝ちに行けばどうしても先行しなければならないからですよ。先行すればラチに沿って走らざるを得ません。それができないから、無難に大外を回って、最後の直線で一気にまくるという騎乗を隠れ蓑にしてたんですよ。違いますか！」

「わかった様な口を利くんじゃねぇ。何の苦労もなしに強い馬ばかりに乗ってる奴に何がわかるって言うんだ！」

「わかりますよ。少なくとも勝つ使命のないあなたよりも、勝たなければならないプレッシャーに押しつぶされそうになりながら走っている僕たちの方がよっぽど苦労してます。」

「偉そうに。よく言うぜ。」

「もし今後も同様の騎乗をするなら、あなたはホワイティから、いや、全ての馬から降りるべきです。あなたは自分のエゴでホワイティの一生をもてあそんでいるだけですよ。ホワイティはあなたのおもちゃじゃないんだ！」

「な、なんだと！　お前、誰にもの言ってるかわかってんのか！」

「ええ、何度でも言います。今後もあなたが競馬を冒涜《ぼうとく》するなら、あなたは競走馬に乗る資格なんてありませんよ！　今すぐこの競馬界から去るべきです！」早見は、岸田の目を見据えて捨て台詞の様にそう言うとその場を去っていった。

検量室前は物々しい雰囲気に騒然としていた。気が付くと大勢の人だかりだった。岸田はただただその場に立ちすくみ、苦虫を噛み潰すしかなかった。

「ドンさん。残念ながら早見君の言う通りだ。私も薄々感じていたよ。３頭併せの調教で並べなかったのも、内枠だったホープフルで出遅れたのも、全て内ラチを走るのが怖かったからなんだろう？　お前さんは、自身で抱えるＰＴＳＤを後方一気の競馬でごまかしていたんだよ。」高梨がとうとう核心を突いた。

「先生まで何です。後方一気は俺の武器だって、先生だってわかってるじゃないですか。」

「今まではそう思ってたさ。でも、それはお前さんの虚像だったんだよ。」

「……」岸田は返す言葉を見つけられずただただうろたえるだけだった
「本当は、お前さんだってわかっていたんじゃないのか？」高梨は、そう諭すように言った。

「わかってますよ。そんな事、言われなくたってわかってるんですよ。だけど、俺たちは走らなきゃならないんです。俺たちは、一体誰のために命かけて走ってるんですか？　いつも死と隣り合わせなんですよ。俺だって以前は馬の一生を慮《おもんぱか》るからこそ一生懸命走ってたんです。でも、近藤みたいに、近藤みたいに死んでしまったら終わりじゃないですか。」岸田はそう訴えた。

「でも、お前さんだってそれを覚悟で騎手になったんじゃないのか？」

「そうですけど、内ラチを走ると宙を舞う近藤が目の前に現れるんです。」

「無理もないさ。あんな事があったんだ。」高梨はそう言うのが精一杯だった。

岸田は、高梨のその言葉を聞くと、肩を落としてその場を立ち去っていった。高梨は、そんな岸田を柱の影からじっと見つめている早見に気が付いた。見ると早見の体が震えていた。高梨は、早見は余程覚悟を決めて言ったのだなとつくづく思ったのだった。

結局、ブラッキーの弥生賞での成績は、ラブリーデイのレコード1分57・5には及ばなかったものの、ドロドロの不良馬場だったにもかかわらず、その走破タイムはレコードに1秒差と迫っていた。もし、今日の馬場がパンパンの良馬場だったら、恐らく末恐ろしいタイムが出ていたに違いない。2着のホワイティは、ブラッキーからコンマ1秒差で2着。着差がコンマ1秒という事は半馬身差だ。確かに岸田がゴール前で立ち上がらなければ勝負は微妙だったのかもしれない。

ともあれ、〝ホワイティはあなたのおもちゃじゃない〟と言う早見の言葉には説得力があった。岸田は、ホワイティを早見に渡したくない一心で、公明正大に欠けることを承知で、ブラッキーの強さを隠れ蓑にホワイティに乗り続けていたのだ。しかし、ホワイティの強さが本物となった今、岸田の居場所は次第に失われていったのである。

一方、岸田のみならず、ブラッキーと同世代に存在するという運命に翻弄される事となったホワイティだが、いつしかつくづく運命とは残酷なものだと、世間から同情を買う存在になっていた。それは、たった一年、生まれてくる年がたった一年ずれるだけで、ホワイティも3冠馬として名を残せたかもしれなかったからだ。1983年の3冠馬ミスターシービーと1984年の3冠馬シンボリルドルフがそうだった。彼らは、一世代ずれて生まれてきたために、どちらも3冠馬として歴史に名を残す事ができ、2年連続して3冠馬の誕生という奇跡を生んだ。だが、ブラッキーとホワイティは奇しくも同世代に生まれてきてしまった。これはどうする事も出来ない現実なのだ。しかし、早見は今やホワイティの実力を認めていた。認めていたからこそ、岸田の様な競馬を冒涜しているブラフな者が、ホワイティの鞍上を縦にしている事が許せなかったのだ。もはやブラッキーが後世に残る最強の3冠馬になるためには、最強の状態のホワイティに勝たなければならないと、早見は考えていたのである。

第七章　３歳頂上決戦への道　ＧⅠ皐月賞

岸田はあれ以来、トレセンに姿を見せる事はなかった。身寄りのない岸田を探しあてるのは至難の業かと思われたが、高梨には岸田が何処で何をしているのかはおおよそ見当がついていた。

皐月賞まであと二週間、そろそろホワイティの鞍上を迎えに行かなければならない時期になったと思った高梨は、週末の開催を終えると、その足で羽田に向かい札幌に飛んだ。東京は徐々に春を迎えようとしていたが、ここ札幌はまだまだ白銀の世界だった。

高梨は空港でレンタカーを借り、その足で日高の栄光ファームに向かった。東京とは別世界のこの地では、東京とはまた別世界の営みが当たり前の様に行われ、今日も新しい命が誕生しようとしていた。もしかしたら第二のホワイティが生まれてくるかもしれない。そんな滅多にあり得ない事も、ホワイティという現実を手にしたこの牧場では、それを信じてみな希望に胸ふくらませて働いていた。そんなスタッフに交じって一生懸命に馬房に枯れ草を敷き詰めている一人の男がいた。そう、岸田である。

「案外似合っているじゃないか。」高梨は岸田を見つけるとそう声を掛けた。

「せ、先生！」岸田は高梨がここにいるなんてありえないとでもいわんばかりに目を剥いた。

「思ったより元気そうだな。」

「場長の奴、あれだけ内緒にしてくれって言ったのに。」と岸田は舌打ちした。

「西崎さんから連絡をもらった訳じゃないさ。」場長の名前である。

「えっ？　じゃ誰が？」

「おいおい、私とお前さんは何年の付き合いになるんだ？　全てお見通しだよ。」

「そうでしたか。」岸田はそう言って苦笑した。

「で、トラウマは克服できたのかい？」

「その話はもう勘弁してください。仮にトラウマだったとしてももう関係ないじゃないですか。」

「関係なくないさ。お前さんにはまだまだやってもらわなくちゃいけない事が山ほどあるからな。」

「何があるって言うんです？」

「一言じゃ言い切れないほどさ。とにかく、明日Ａコーストラックを借りてある。馬も２頭借りた。久々に二人で走ろうじゃないか。」

「走る？」

「ああ。」

「走ってどうするんです？」

「あの勇猛果敢な天才騎手だった、〝まくりの岸田〟を思い出してもらうのさ。」

「よしてください。俺はもう馬には乗りません。」

「いいや、お前さんにはもう一度ホワイティに跨ってもらう。」

「ホワイティに？　何のために。」

「ホワイティの名を歴史に残してもらうためさ。」

「勘弁してください。ブラッキーがいる限りそれは叶わない夢なんですよ。」

「お前さんはそれでいいのか？」

「いいもなにも、それが現実なんです。百年に1頭の名馬に天才早見が乗るんです。」

「だから？」

「だからそれを負かせる馬なんていやしませんよ。」

「そうかな。こっちだって百年に1頭の名馬だ。あとは元天才騎手が復活さえしてくれりゃあ互角だと思うがな。」高梨がそう言うと岸田はまた苦笑した。

「先生、俺忙しいんですよ。これから〝とねっこ〟が生まれてくるんです。準備しないと。」岸田は冷めた様にそう言った。

「わかった。今夜の所はひとまず引き上げるが、明朝また来る。久々のお前さんとの勝負、楽しみにしてるぞ。」高梨はそう言うと、場長の西崎に軽く会釈をし、栄光ファームを後にした。

翌朝、岸田は馬が奏でるギャロップの足音で目が覚めた。操っていたのは何を隠そう高梨だった。岸田はそれを寮の2階にある自室の窓外に認めると、ため息をつきながら再びベッドに潜り込んだ。

「おい！　いつまで寝てる。さっさと顔洗って出てこんか。」高梨が岸田に聞こえよがしにそう言った。

〝まったく…〟岸田は心の中でそうつぶやき、いやいやながら寮の外階段を降りてくると、

「一体何をしようっていうんです？」と続けた。

「いいから早くタロウに乗ってこっちに来い。」岸田に用意された馬の名前である。

「まさか俺に内ラチを走らせようってんじゃないでしょうね？」

「私は、そんな意地の悪い事はせんよ。」

岸田は、高梨のその言葉に仕方なくタロウに跨り馬場に出た。

「じゃ、行くか。と言いたいところだが、私とお前さんとでは釣り合いが取れん。」

「釣り合い？　何の釣り合いです？」

「腕っぷしのつり合いだよ。よって、今日は私の代わりにそこに居る良太君に乗ってもらおう。」そう言うと高梨は、外柵で馬場を見ていた良太を呼び寄せ馬を明け渡した。

〝りょうた…？　なんで俺がこんな若造と走らなければならないんだ？〟

岸田は、心の中でそう思いながら様子を窺《うかが》っていた。

「紹介しよう。ホッカイドウ競馬の騎手で小林良太君だ。」高梨はそう岸田に紹介した。

「初めまして。小林良太と言います。よろしくお手合わせ願います。」良太はそう挨拶した。

岸田は狐につままれた様な顔をしていたが、高梨はいきなりタロウの尻に鞭を入れ、続いて良太をタロウに続かせた。二人はトラックを軽く流しながら併走した。２週目に入ると、二人のペースは次第に速くなり、向こう正面では競馬さながらの全力疾走となった。岸田は嫌な予感がして良太の外側に陣取り様子を窺っていたが、第４コーナーを廻り残り２００メートルの直線に入った時、二人は自然とスパートを仕掛けていた。高梨はそれを見て、やはり二人はプロの騎手だと感じた。いくら遊びとはいえ、負けるのが嫌なのだ。高梨は、岸田にもまだ闘争心が残っている事がわかって正直安堵していた。

少し前を走る良太は、勝負どころの残り100メートルに差し掛かると、鞭を持つ右腕を大きく時計回りに円を描く様にぐるぐる振り回し、尻鞭を入れた手を前に来た時には見せ鞭として振るい、それを連続して行なう技で馬を追った。

〝ふ、風車鞭《ふうしゃむち》か！〟

良太の追い方を見た岸田は、思わず心の中でそう叫んだ。これは、近藤が生前得意としていた近藤独特の追い技だった。近藤は良くゴール前100メートルになると、馬に最後の力を振り絞らせるために必ずと言っていいほど、この風車鞭を使った。その風車鞭を振るう良太の隣で並走していた岸田は何かを思い出していた。それは、いつか思い出そうとしていてレースが始まってしまい思い出せないままになっていたものだった。岸田は、良太の風車鞭を見て思い出したのだ。それは、いつも近藤と無我夢中で最後の直線をスパートして先を争っている自分たちの闘争心だった。ゴールを抜け、二人が高梨の元に帰ってくると、岸田は良太の顔を覗き込んだ。

「お前、何故風車鞭を知っている？」岸田がそう問いかけると、

「近藤の忘れ形見だからさ。」と、高梨が答えた。

「こ、近藤の息子？　しかし、奴は独身だったはずでは。」岸田は思わず目を剝いた。

「近藤がこの世を去った時、交際していた良太君のお母さんのお腹には、既に彼が宿っていたんだよ。だから、姓が違うんだ。」

「そんな…　そんな話は初耳です。」

「無理もないさ。良太君のお母さんは、お前さんのためを思って、この事を秘密にする事を望んだんだ。」

「何故秘密に？」

「お前さんが責任を感じて馬に乗れなくなるのを恐れたからだそうだ。」

「なんてこった。」そう言うと、思わず岸田は良太を見つめた。

「岸田さん、父とあなたの事は、よく母から聞いています。大の親友だったそうですね。母は二人の話をする時は、いつもとても楽しそうに話します。」良太はそう言うと笑った。

「楽しそうに？　何故楽しそうなんだ？　俺はお前の親父を殺したんだぞ。」岸田は声を絞り出すようにそう言った。

「いえ、母も僕もそうは思っていませんよ。最も、僕がそう思えるようになるまで、多少時間はかかりましたが…」

「どうあれ、俺がお前の親父を死に追いやったのには変わりはない。」

「その場面は、ビデオで何度も見ました。天才岸田さんでもどうにもする事が出来なかったんですから仕方ありません。」

「仕方ない？　お前は、親父を殺した俺が、競馬が憎くないのか？」

「物心ついた時はそう思いました。でも、母から毎レース命を懸けて馬のためにレースに臨む競馬騎手という職業の誇りを学んで、あの事故も理解できるようになりました。」

「……」岸田は言葉に詰まった。

「父のライバルであり、父が尊敬する人でもあるからと母から聞かされていたので、それ以来、テレビに岸田さんが乗るレースが映し出されると、テレビに釘付けになりました。そして、僕が騎手になろうと思ったのも、岸田さんの騎乗をビデオで見た時でした。あの〝白い稲妻〟と異名をとった快速〝シービークロス〟の引退レースです。足元の不安で約1年ぶりに出走にこぎつけたのですが、誰もが勝てやしないと冷めた目で見ていましたよね。ところが、最後方で死んだふりをしていた岸田さんが、最後の直線で大外から一気に全馬をごぼう抜きにして見事優勝した時、岸田さんが勝利ジョッキーインタビューで涙で何も言えなかったあの場面は感動で震えました。僕も騎手になりたいと思った瞬間でした。」

「ああ、そのレースはよく覚えているさ。」岸田は懐かしそうにそのレースを思い出し、久しぶりにその時味わった感慨に耽った。

「でも、騎手になる事に母は大反対でした。あまりに反対するので、一時は諦めましたが、岸田さんのレースを見れば見るほど騎手への憧れが増していったんです。」

「それで地方競馬の騎手になるしか方法がなかったんだな。」

「はい。ＪＲＡの競馬学校には行けませんでしたから。」

「ところが良太君は、来月に行われるダービートライアルの青葉賞に、ホッカイドウ競馬所属の馬で出走する事が出来る様になったんだそうだ。」高梨が二人の会話に割って入った。

「ほう。では何としてでも2着以内に入ってダービーへの切符を手に入れないといけないな。」高梨の言葉を受けて、岸田がそう言った。

「はい、絶対取ります。取って、ダービーの最後の直線であなたと叩き合うという父の夢を、僕が代わりに実現したいと思っています。」

「そ、そうか… だが、残念ながらそれはたとえお前さんがダービー切符を手にしたとしても叶わない話だ。」

「どうしてってです？」

「どうしてって、見ての通りさ。俺はもう騎手を辞めたんだ。」

「なんですって？　じゃ、ホワイティはどうなるんです？　父の夢は？　いえ、父だけではありません。今やホワイティは日本中みんなの夢なんですよ。」

「よしてくれ。」

「いいえ、よしません。ブラッキーをやっつけてください。それが出来るのは岸田さん、あなたとホワイティだけです。」

「良太君の言う通りだ、ドンさん。このままホワイティを鬼籍に放り込んでいいのか？　早見を見返してやらないで男と言えるのか？」高梨が言った。

「しかし…」

岸田はどう返していいかわからなかった。

早見に核心を突かれて馬を降りた岸田だが、今日、良太と走って一つだけ思い出した事があった。それは、お互い必ずダービージョッキーになるという、近藤との約束だった。

〝いつか俺とお前で、歴史に残る様な名勝負を日本ダービーで繰り広げよう〟

ダービージョッキーだなんて夢の夢だった当時の二人にとって、それは大きな目標であり希望だった。しかし、近藤はもうこの世にはいない。近藤には果たせない夢なのだ。しかし、岸田は思った

〝この俺はどうだ？　この世にまだ生を受けていて、ダービー馬も夢じゃない馬がいる〟

と。

「先生、しばらく時間を頂けませんか？」

「勿論、いいとも。」

「岸田さん、僕に出来る事があれば何でも言ってください。喜んでお手伝いさせて頂きます。」良太はそう言うと岸田に握手を求めた。

「ああ、よろしく頼むな、良太。」

良太は、初めて岸田に名前を呼ばれて嬉しそうだった。そして岸田も、良太の存在を知って孤独感から解放されたような気がしていた。岸田は、ようやく自分の置かれている立場がわかった。もう自分一人の問題ではなかった。ホワイティの名を歴史に残さなければならないと思ったのだ。その為の方法はたった一つだ。それは、ブラッキーに勝つ事なのだ。

３歳クラシックの1冠目、皐月賞を10日後に控えた一週前追い切り。早朝の美浦トレセンのもやの中に一人の人影があった。高梨にはそれが誰だかすぐにわかった。

「先生、恥ずかしながら帰ってきました。もう一度俺を男にしてください。」岸田がそう言って深々と頭を下げると、高梨の目は微かに潤んでいた。

「負け犬で終わるもんかい！」高梨が言った。

「はい！　必ずホワイティの名を歴史に刻んで見せます。」

「そうと決めたら早速始めるぞ！」

「がってんです！」

高梨には、岸田が栄光ファームでトラウマを克服しようと、あらゆる手を尽くしてきた事が窺えた。以前ほど内ラチを怖がるそぶりを見せなかったのだ。しかし、やはり最後の直線に向くとどうしても岸田は相手の外側を走りたがった。馬は単独になると、どうしてもラチを頼って走りたがる。競馬には先行策も大逃げも勝つためには必要な作戦だ。その為には、馬群にもまれる事もあれば、最内を走らざるを得ない事もある。高梨は、岸田がそれさえ克服できれば、昔天才騎手と言われた頃の岸田にもう一度会えるのにと大きく溜息をつくのだった。

3回中山競馬8日目。葉桜になりながらもまだわずかに桜吹雪が舞うここ中山競馬場では、いよいよ3歳クラシック1冠目の皐月賞が行われようとしていた。天候は晴れ。馬場は良の発表だった。

これから迎える3冠レースは、競走馬にとって一生に一度しか走る事のできないレースだ。出走出来るのはわずか18頭。約7000頭の中から権利を勝ち取った精鋭たちだ。いくらブラッキーが強いとはいえ、3冠レースに限っては今までのレースとは違い、捨て身で挑んでくる馬が必ずいる。今までのレースでは権利取りが重要であったために無理は控えたが、本番となれば勝たなくては2着も最下位も同じだからだ。勝って歴史に名を刻めるかどうかなのである。よって、今日はブラッキーの一人旅とはなりづらい。つまり、今日のブラッキーは今までの様な楽な逃げも打てないし、マイペースでレースを組み立てる事もできないはずだ。岸田は、そんな先行争いを中団で見ながら抜け出す機会を虎視眈々と狙う作戦だった。

しかし、ブラッキーという馬は、そんじょそこらの馬とは違って一枚も二枚も役者が上だった。ゲートが開き、一斉に18頭が飛び出すと早見はすかさずブラッキーに激しく出鞭を食らわしたのだ。早見とて無理やり絡んでくる馬が必ずや居ると踏んでい結果は歴然だった。絡んで行こうとする他馬を尻目に、桁違いのスピードで見る見るうちに差を広げ、向こう正面では2番手に15馬身という大差をつけていたのである。先行争いで果敢にブラッキーの逃げに挑んでいった各馬だったが、次元の違うスピードに絡むどころか完全に置いてきぼりを喰わされてしまったのである。

これにはさすがの岸田も度肝を抜かれた。まるで今までのレースはほんのお遊びだったとでも言わんばかりの、初めて見せる逃走ぶりだ。岸田は焦った。

〝このままでは勝てない〟と。

ここで手をこまねいている訳にもいかない。岸田は賭けに出た。ホワイティの根性にかけるしかなかった。向こう正面で岸田はホワイティに軽く気合を付けた。頭の良い馬は決してこれだけでは全開にはならない。ホワイティは岸田のその意図を汲み取ると徐々に加速し始め、団子状態になっていた馬群を抜け出し、ブラッキーを追いかけに入った。

ホワイティが第3コーナーに入った時、ブラッキーは3・4コーナーの中間地点にいた。あとの馬は5馬身後方だ。周りに馬がいないのでスムーズに追い込んでいける。第4コーナーを回って直線に入る頃にはブラッキーのすぐ後ろにまで追いついていた。道中追い上げるのに脚を使ったので、あとどれ位余力が残っているのかはわからなかったが、それはブラッキーとて同じ事だ。いつもと違って出鞭をくれてほぼスタートからここまでの1600メートルを全力疾走に近い走りを続けている。続けられるのも凄いが、一向に衰えないそのスピードに、もはや生身の域を脱しているとしか思えなかった。

直線に入ると、内に入ったブラッキーのすぐ外に岸田は並びかけた。はずだったが、早見が再び鞭を入れると、ブラッキーはまた更にスピードを上げ前に出た。

〝おい、マジかよ！　お前は本当に馬なのか？〟

岸田がそう呆れかえった。

ホワイティは追い上げるのに道中足を使ったせいか、いつもほどの末脚は見られなかった。しかし、2度目になる最後の直線の急坂に差し掛かるとさすがのブラッキーもこたえている様で思った様に伸びていかない。足色は両馬ともほぼ同じだ。一進一退を繰り返しながら坂を駆け上がった。ゴールまであと50メートル。両馬とも必死に鞭を振るう。岸田は必死にホワイティの首を押す。早見も必死に鞭を振るった。見ている観客の体が自然とゴールのある左の方向に傾く。勝負は首の上げ下げとなった。ホワイティの首が上がった時に両馬はゴール線に達した。肉眼では殆ど同着にしか見えない着差だった。すぐさま電光掲示板の1着と2着の間に〝写真〟の文字が点灯し、決着は写真判定になったのである。

長い写真判定だった。それだけ僅差であるという事なのだろうが、このレースがその馬の一生をも決めてしまうくらい意味のあるレースなだけに、判定を下す方も慎重なのだ。通常なら2、3分程度で判定が出る写真判定だが、5分経っても結果が出なかった。ターフビジョンには何度も何度もゴールシーンがスロービデオで繰り返し映し出され、ゴール線付近の映像がストップモーションになる度に、スタンドから嬌《きょう》声《せい》が上がっていた。

それから約2分後、固唾を飲んで見守る観客から一斉にひときわ大きな歓声が上がった。電光掲示板の1着と2着に馬番が灯ったのだ。勝ったのはブラッキーだった。表示された着差は〝ハナ〟だったが、のちに発表されたブラッキーとホワイティの着差はわずか2センチだったのである。

検量室前に戻ると、高梨はじめ関係者が出迎えた。いつもなら満面の笑みで迎えてくれていた関係者だが、人は自分の居るレベルが上がると今まで満足していたレベルでは満足できなくなるのか、はたまた2着が続くとそろそろ勝ちたいとでも思うのか、相手がブラッキーだというのに〝もう少しで勝てたのに〟と地団駄踏んで悔しがる。人間とは本当に欲深い生き物だと、岸田はつくづく思った。

そんな中で、岸田はふと思った。ここ何戦かのブラッキーとの勝負を振り返って、ホワイティとブラッキーの着差が一戦ごとに縮まっている事に気が付いたのだ。しかし、岸田は直ぐに思い直した。岸田にはわかっていたのだ。今回のレース、着差はたった2センチだが、この及ばなかったわずか2センチがもたらす事実は、未来永劫皐月賞馬の称号にホワイティの名が刻まれる事はないという事だ。そして、着差はたったの2センチだったが、たとえそれが仮に1ミリであったとしても、負けは負け以外の何ものでもないのである。

第八章　３歳頂上決戦への道　黒白を決する日本ダービー

翌日のスポーツ紙の1面には、その皐月賞での雌雄を決する事になった着差2センチの話題が大きく取り上げられていた。買い手のつかなかったホワイティも、今や8億円のブラッキーに肩を並べる存在になった。それだけでもすごい事なのだが、岸田たちの気持ちとは裏腹に、世間では百年に1頭の名馬が同時に2頭も現れたその世紀の対決に、次第に熱を帯びていったのである。

岸田も高梨も、デビュー2戦目以降、全てのレースでブラッキーの2着に甘んじているその結果に安閑としている訳ではなかったが、正直なところ打つ手がないというのも現状だった。5月に入ると、競馬界ではいよいよ3歳馬の頂点を決める〝東京優駿〟、いわゆる日本ダービーの話題で持ちきりとなった。

少し前までのスポーツ紙には、〝ブラッキー、オルフェーヴル以来8年ぶりの三冠達成へ〟という3冠間違いなしの記事が多かったが、最近では〝白か黒か、ダービー馬の称号をめぐる黒白の対決〟と世間の関心が日に日に高まっていき、挙句の果てには〝ブラッキー派〟と〝ホワイティ派〟なる二派に分かれる現象まで巻き起こった。ここしばらくの間低迷気味だった日本の競馬界だったが、ハイセイコーが世間を騒がせたあの時以来の大きな社会現象にまで発展していった。

強いものに憧れるのは人の常だ。しかし、それがハラハラドキドキ程度に強いうちはいいのだが、余りにも強過ぎると人は逆にそれが負けるところを見たくなるものだ。そういった意味では、今やホワイティの人気はブラッキーを凌ぐものがあった。決してブラッキーが悪者でもないのに、勧善懲悪《かんぜんちょうあく》の様相になりつつあったのだ。加えて、片や8億もの馬なのに対して一方は売れ残った馬だ。もしホワイティがブラッキーをダービーで下すような事があったら、判官びいきが大好きな日本人は恐らく大騒ぎになるに違いない。

そんな盛り上がりを見せている競馬界だが、そのダービーへの出走権を手にしていない馬たちにとっては残り少ないラストチケットを何としても手に入れようと躍起になるレースが続いていた。その中でも、今週行なわれるダービートライアルの〝青葉賞〟は岸田と高梨にとっても気が気ではないレースだった。というのも、このレースには地方馬であるにもかかわらず、昨年夏の重賞、函館2歳ステークスで2着になった地方の雄〝ノーザンフライト〟が小林良太を鞍上にダービーの出走権をかけて参戦してくるからだ。ホワイティのダービー制覇の期待も日に日に膨らむが、地方で活躍する名もない馬が中央の雄ブラッキーを蹴散らすという大どんでん返しが起こるか否かが世間の大きな関心事にもなっていた。

その青葉賞が執り行われる日、あいにく天気は朝から雨、馬場もたっぷり水を含んだ重馬場となった。午前中のレースで騎乗馬がなくなった岸田は、控室で良太にダービーと同距離、同コースで行われる青葉賞での騎乗の仕方や馬場の特徴など、いわゆる虎の巻をとくとくと説いていた。今日の良太の乗るノーザンフライトは、地方成績6戦6勝、中央では未勝利だが重賞で2着になった実績を持つ、地方の期待馬だ。

「いいか。今日の馬場はノーザンフライトにいくらか味方になる。」岸田が空を見上げながら、良太にそう言った。

「はい、スピード決着だけは嫌だなと思っていたので正直ほっとしています。」良太は岸田のその言葉にそう頷いた。

「ただ、いくら地方で負けなしといっても、中央に入ればその他大勢に過ぎない。」

「わかっています。」

「望みはこの雨だ。ノーザンフライトが函館2歳ステークスで2着に来た時の馬場も〝重〟だった。」

「芝の重にノーザンフライトは合っているという事でしょうか？」

「そうだ。スピード一辺倒ではどうにもならない。重馬場に適した蹄の形状やスタミナが必要になってくる。」

「はい。」

「あとは位置取りだ。今日のお前の枠順は7枠14番。」

「やっぱり外枠は不利ですか？」

「２４００メートル走るんだ。あまり枠順は関係ない。ただ外枠発走だとやはり先頭集団には取り付きにくい。」

「では、直線も長いし後方待機の方が良いという事でしょうか？」

「と、思うだろ。ところがどっこい。そいつぁ大間違いさ。」

「えっ？　違うんですか？」

「東京の２４００メートルで勝つためには、第1コーナーまでに10番手以内に入っていなければならない。いわゆるダービーポジションという奴だ。東京の５２５・９メートルの長い直線に大外一気の追い込みが一見効きそうにみえるが、坂を上がってゴールまでは緩やかに下っている。それが意外と先行馬に味方するんだ。」

「それは意外でした。勉強になります。」

「それと、向こう正面と正面スタンド前の直線だが、思ってる以上に起伏が激しい。馬に坂を意識させてはダメだ。坂に差し掛かったら手前を変えるなど、坂の他に気が向く様にリードしてやれ。」

「わかりました。」

「それと、勝負どころは…」そう言うと岸田は窓の外を指さし「3、4コーナーの中間地点に大きな欅の木があるだろ。」と指を差した。

「ええ、あの大きな木ですね？」

「そうだ、後方待機馬はあの木を超えると一斉に仕掛けてくる。でも、10番手以内にもしお前がいたらどんなに後ろが迫ってきてもグッと我慢しろ。」

「何処で仕掛ければ良いのでしょうか？」

「直線の坂に差し掛かったらがむしゃらに追え。あとは神のみぞ知るってやつだ。」

「わかりました。肝に銘じます。」

「じゃ、ダービーで共に走れる事を楽しみにしているぞ。」岸田はそう言うと良太の肩を軽く叩いた。

「はい。頑張ります。ありがとうございました。」良太はそう言うと丁寧に頭を下げると控室を後にした。

岸田のアドバイスが功を奏したのか、それとも重馬場が味方したのか、青葉賞は大方の予想を大きく裏切り、地方の雄ノーザンフライトの大逃げで各馬最後の直線に向いていた。良太は馬場の三分どころを先頭で坂を駆け上がり手前を変えると、残り400メートル地点でいきなり風車鞭でノーザンフライトを追いまくった。それを見た場内は大歓声だ。〝どうせバテるだろう〟と高をくっていた後続馬は残り２００メートルの地点で泡を食った。ノーザンフライトの脚色が衰えないのだ。馬は気分良く逃げると、意外としぶとく走る時がある。岸田は〝これはもしかしたら…〟と腕組みをしてレースを見守った。しかし、ラスト１００メートル辺りで、満を持した1番人気のゴールデンクルールに大外を一気に強襲されると、あとゴール線までわずかというところでもう1頭にも差し切られ、残念ながら3着となってしまった。

「惜しかったな、良太！」岸田は、息を切らして帰ってきた良太にそう声を掛けたが、内心では、ダービー切符は手にできなくとも3着は上々だと思っていた。

「いえ、上出来です。今日は何もかも上手く行き過ぎです。」良太が汗を拭きながらそう言った。

「それにしてもよくあんな簡単にハナを主張できたな。」ハナとは先頭の事である。岸田は気を取り直して真剣な面持ちで言った。

「ゲートが開いて、考えていたのはダービーポジションの事だけでした。岸田さんの言う通り、10番手以内にいなければと必死に周りに付いていこうとしたら、気が付くとハナに立っていました。みんなフライトはどうせバテると思って相手にしなかったんじゃないですかね。」良太はそう言うとはにかんだ。

「フライトはいつも逃げ先行なのか？」

「はい。門別競馬場は外回りでも最後の直線は３３０メートルしかありません。内回りに至ってはたった２１８メートルです。後ろから行ったのではとてもじゃないですが届きません。」

「そうか…」

「それがどうかしましたか？」良太は岸田が上の空である事が気になってそう聞いた。

「いや、何でもないんだ。それより本当に惜しかったな。」

「はい。でも、正直言いますと負けて然るべきかと。」

「何だって？」

「今まで地方馬でダービー出走という夢を叶えたのはあのコスモバルクだけです。そんな大レースにあっさり出られるほど世の中甘くないという事ですよね。」

「まぁ、確かにな。」

「ただ、父が夢中で風車鞭を振るったこのコースを自分も走れたのは感無量でした。」

「そうか、良かったな。」

「はい。父の走ったコースを走る事が、騎手になった時からの夢でしたから。」

「一つ、夢が叶ったって訳だ。」岸田は、良太の頬を伝う涙を認めると、思わず良太の頭をポンポンと叩いた。

「あっ、すみません。」良太はそう言うと慌てて涙をぬぐった。

「良太、お前はまだ若い。頑張れば夢は必ず叶えられる。とにかく北海道で実績を挙げて、いつかJRAの騎手免許を取れ。そして、親父の果たせなかった夢をお前が叶えるんだ。」

「はい、絶対に取ります！」

「約束だぞ。」

「はい。その代わり岸田さんも絶対にホワイティをダービー馬にするって約束してください。」

「えっ？　ああ、そうだな。」

「それともう一つお願いがあります。」

「なんだ？」

「この父の形見の鞭をダービーで携えて頂けませんか？」良太はそう言うと腰から形見の鞭を取り出し、岸田に差し出した。

「いいのか？」岸田はそう言って、鞭を取った。

「はい。父もダービーで走らせてやってください。」

「わかった。こりゃあ、死んでも負けられんな。」

「はい。ファンも皆期待しています。」

「こいつ、生意気言うんじゃねえ。」岸田がそう言うと、二人は笑った。

期待しているのはファンどころではなかった。もはや日本中が、競馬を知らない子供たちでさえ、ホワイティとブラッキーの世紀の対決に沸いていた。世間が盛り上がれば盛り上がるほど、岸田はひしひしとホワイティの鞍上としての責任の重さを痛感していた。そして、今日のノーザンフライトの走りを見てふと思った。

〝ホワイティが大逃げをうったらどうなるかな…〟

と。

ブラッキーとホワイティがスタートダッシュに出たら、恐らくついてこられる馬は居ない。最初から最後までこの2頭のマッチレースだ。展開のアヤも進路をふさがれる事もない。ただただお互いを見ながらレースを進めればいい訳だ。たとえ、お互いに最後の直線でバテたとしても、後続に差し切られる事はあるまい。あとはどっちが先にゴールを駆け抜けるかだ。岸田は、ブラッキーを先に行かせてはまず勝てないと踏んでいた。と言って、ブラッキーを差しおいてハナを切れる確証もない。今までのどのレースでも、ブラッキーの前を走った馬は1頭もいないのだ。今までは逃げに絡んでいくという行為を他馬に期待していたが、こうなったら自ら行くしかないと岸田は思った。ブラッキーのスタートダッシュに付いていけるのはホワイティしかいない。そして他馬に絡まれるという事をブラッキーは経験していない。いつも悠々と一人旅だからだ。岸田は、いつか早見が言っていた事を思い出した。ブラッキーの逃げに絡めれば、もしかしたら活路が切り開けるのかもしれない。

〝ホワイティに絡まれたらいやだなと思っていたので…〟

と。今までの戦法ではどうせ届かない。なら、未知の戦法にかけるべきではないか。ホワイティの名を未来永劫語り継がせるためには、日本ダービーでブラッキーを打ち砕くしかないのだ。３歳馬の頂点を決める日本ダービーに名を連ねれば、百年に1頭の名馬が現れた世代の日本ダービーでブラッキーを蹴散らせば、ホワイティの名は一生語り継がれるに違いない。岸田はこの時決心した。命に代えてでも日本ダービーを勝つんだと。それが、今までホワイティに辛酸を舐めさせてしまった償いだと岸田は思った。

２０１９年５月26日日曜日、第２回東京12日目天候は晴れ。馬場は芝ダート共に良。入場者数は20万人を超え、日本の競馬史上最多入場者となった。それだけ世紀の対決を、多くの日本国民が期待していると言う裏返しだった。

15時40分。いよいよ3歳サラブレッド7000頭の頂点を決める、日本ダービー発走の時が来た。関東のGIファンファーレが競馬場にこだますると、出走馬は続々とゲートに向かった。権利をものにした馬たちのフルゲートは18頭。ブラッキーは6枠11番、ホワイティは3枠6番に入った。

枠入りは順調だった。大外18番に最後の馬が収まった。係員が離れると一斉にゲートが開いた。ホワイティもブラッキーも好スタートを切った。岸田は間髪入れずにホワイティに出鞭を入れ、首を押しスタートダッシュをかけた。一瞬不意を突かれた早見だが、すぐさま出鞭をくれて内のホワイティに並びかけてきた。2頭の脚色はほとんど同じだ。第1コーナーに差し掛かるまでの直線で大体の位置取りが決まる。2頭はお互いに譲らなかった。既に後続を5・6馬身突き放し2頭は第1コーナーに差し掛かった。必然的にブラッキーより内枠だったホワイティは道中を左に内ラチ、右にブラッキーに挟まれて進んでいくが、岸田は早見に恐怖心を悟られまいと必死に堪えていた。しかし、早見とてなんとしてもハナを奪わなければと必死になっていた。あまりに激しい先頭争いに、ついに岸田に限界が訪れた。第2コーナーを抜け、向こう正面に差し掛かる時に、早見は強引に外からホワイティに被せる様に前に出ようとしたのだ。コーナーワークで斜めになった馬体で内に閉じ込められた形になった岸田は、この状況に耐える事ができなかったのである。恐怖心に襲われた岸田の視界には、もはや宙を舞う近藤と内ラチに激突してのたうち回る馬の残像が走馬灯の様に駆け巡り、岸田は思わず手綱を絞ってしまったのだ。

この状況に20万人の観衆は騒めき、実況アナウンサーも慟哭に近い叫びをあげた事から、誰もが審議の青いランプが灯るものだと思った。しかし、いつまでたってもそれが灯る事はなかったのである。ここが早見が天才と言われる所以だった。反則にならない様に相手にプレッシャーをかけていくのだ。岸田は早見の罠にまんまと嵌《はま》ったのである。

誰もがもう終わったと思っていたその時だった。岸田は、ホワイティの鞍上で放心状態になっているにもかかわらず、ホワイティが加速し始めたのだ。

〝えっ！〟

と、思わず体を置いていかれ、落馬しそうになった岸田は正気に戻った。

〝まさか〟

と思ったが間違いなかった。ホワイティは自らの意思でブラッキーに食らいついていこうとしていたのだ。そして、ブラッキーの内側に潜り込むと、再び主導権争いを始めた。このアタックにはさすがの早見も目を丸くした。しかし、2番手を経験した事のない〝黒い逃亡者〟はどうしても先頭を譲る訳にはいかなかった。いくらブラッキーとて、前に馬がいるのといないのとでは精神的に大きく違う。ブラッキーはデビュー以来、自身の前を走られた事は一度もないのだ。早見は鞭をふるい、すかさず前に出た。岸田は再び半馬身ほど置いていかれた。その時だった。

〝おい、岸田！　しっかりしろ！〟

と、岸田は後ろで誰かにそう尻を叩かれている様な気がして振り向いた。

〝近藤！〟

岸田は思わず心の中でそう叫んだ。近藤が、岸田の後ろに二人乗りになっているのが見えたのだ。岸田は頭を小刻みに横に振るともう一度振り返った。しかし、そこに近藤はいなかった。そこにあったのは、レース前、良太から携った近藤の形見である鞭だった。岸田は思わずその鞭を腰から抜き手に取った。

〝そうだ、俺は近藤と約束したんだ。良太と約束したんだ。ホワイティをダービー馬にすると。〟

ホワイティは、ブラッキーとぶつかりながら内ラチ沿いを進み、第4コーナーを回って直線に向いた。もう怖くなんてなかった。岸田の脳裏にあるのは、再び芽生えた闘争心だけだった。

〝俺の命に代えてでも勝つ！　ホワイティこそ、百年に1頭の名馬なんだ！〟

岸田はそう心の中で叫び、必死にホワイティの首を押した。ブラッキーにもいつになく鞭が入り、早見も必死に追った。お互いに先に抜け出そうと首をグイッと出せば、そうはさせじと抜き返す。正に一進一退の攻防だ。ゴールまであと200メートル。岸田は右手に鞭を持ち替えると、風車鞭で必死の追い込みを図った。ホワイティのリズムが良い。風車鞭のリズムに岸田は左腕で必死にホワイティの首を押した。ゴールまで50メートル。ついにホワイティの体がわずかに前に出た。岸田にはもう前など見えなかった。姿勢を落とし左腕で首を押し、右腕でがむしゃらに風車鞭を振るった。そして、ゴール線に達した時、岸田にはブラッキーの恨めしそうにホワイティを見る眼差しが真横に見えた。

〝勝った！〟

ブラッキーの眼差しが真横に見えたという事は、少なくとも頭差以上前に出ているという証拠だ。そう確信した次の瞬間、今まで軽快に鳴り響いていたギターの弦が突然切れたかの様に、静寂と微かな風の音だけが岸田の耳を支配した。何が起こったのかわからなかった。岸田はまるで空を飛んでいるかの様な不思議な感覚に襲われていた。そして次の瞬間一瞬息が出来なくなった。何が起こったのか必死に理解しようとしたが、襲ってくるのはただただ波の様に押し寄せる途轍もない大きな不安と、ターフに横たわる自身を襲う強烈な背中の痛みだった。岸田は必死に電光掲示板を探した。掲示板を見つけると、1着に〝6〟の数字が灯っていた。そして走破タイムの上には赤く〝レコード〟の文字も。岸田は安心しようとした。間違いなく勝ったのだ。それもレコードだ。何の心配もない。とうとうホワイティの名を歴史に刻む事ができたのだ。しかし、何度そう思っても、岸田は得体の知れない大きな不安に駆られていた。朦朧とする意識の中で、やがて岸田はその不安の正体を目の当たりにする事となった。そこには、右前脚でしきりに地面を掻いて右脚の違和感を訴えているホワイティがいたのだ。

「嘘だ！　おい、嘘だろ？　頼む、誰かこの悪夢から連れ出してくれ！」

岸田はホワイティの右前脚の骨折を覚悟したのだ。

やがて岸田には1台の馬運車がやってくるのが見えた。岸田はありったけの力を振り絞って叫んだ。

「来るな！　ホワイティに触るんじゃない！　頼む…連れていかないでくれ…　な、

頼む。」岸田の目は涙で溢れた。

馬運車に乗せられるという事は、その場で安楽死処分が執られるという事を岸田は知っていたからだ。岸田は必死に抵抗した。しかし、聞き入れてくれる者など誰一人としていなかった。ホワイティが馬運車に乗せられると、岸田はとうとう力尽きて気を失った。

最終章　真実

岸田が目を覚ましたのは、ダービー翌日の朝、入院先の病室だった。一瞬、見慣れぬ天井に気持ちを焦らせたが、背中に走る激痛で今自分が置かれている状況を理解した。ふとベッド脇に目をやると、高梨が椅子に座り壁にもたれながら眠っているのが見えた。起き上がろうとしたが激痛で身動きがとれない。どうやら背骨をやってしまった様だ。にっちもさっちもいかないでいると、

「おお、いつの間にか眠ってしまったか。」と、高梨がそう言って身を起こした。

「先生、俺…」岸田は不安でそれ以上言葉にできなかった。

「なぁに、心配するな。背骨を圧迫骨折した様だが、後遺症が残るほどではないそうだ。」

「そうですか…」岸田は一瞬安堵したが、「あの…、ホワイティは？」と恐る恐る尋ねた。

「大丈夫。ちゃあんと生きてるよ。」高梨はそう言うと笑みを浮かべて頷いた。

「本当ですか！」岸田は思わず起き上がろうとしたが、またも激痛に阻まれた。

「躓いてお前さんを放り出した時はてっきりやっちまったのかと思ったが…」

「躓いた？」

「ああ、普通ならクリア出来るディボットなんだろうが、あの時はホワイティも限界

だったんだろうな。」

「限界？」

「今回のレースだけは、ホワイティもいつものレースとは違うという事をわかっていたんだ。だから力の限り走った。ゴール線を過ぎて躓いた時、もうバランスを立て直す力は残っていなかったんだろうな。」

「ホワイティはあのレースがいつものレースとは違うという事をわかっていたと？」

「恐らくな。今までは本能のまま走っていたんだろうが、お前さんとレースを重ねるうちに、徐々にお前さんの気持ちの変化をホワイティも背中で感じ取っていたんじゃないのかな。」

「そういえば、向こう正面で早見に挟まれた時、俺は怖くなって咄嗟に手綱を引いてしまったんです。でも、ホワイティはそれに反して、自分の意思でブラッキーに並びかけていったんですよ。」

「馬は利口な生き物だ。自分に跨った人間の気持ちがその乗り方でわかると言うじゃないか。ホワイティは、このレースにかけるお前さんの絶対に勝たなきゃいけないんだという強い気持ちを感じ取ったのさ。だからホワイティも〝今回だけはこの黒いのに負けちゃいけないんだ〟って思ったんじゃないのかな。」そう言うと高梨は微笑んだ。

「俺の気持ちが伝わった…」

「このレースで初めてお前さんとホワイティは一体になったんだ。このレースでは何があってもブラッキーを打ちのめすんだというホワイティとお前さんの共通の思いが、ホワイティに驚異の走りを与えたのさ。」

「人馬一体…」

岸田が競馬学校を卒業する時に卒業文集にしたためた言葉だった。

「先生、俺もう逃げません。治ったらホワイティを世界一の競走馬にして見せます。凱旋門賞も、ドバイワールドカップだって…」

「そうだな。そうしてもらいたいが、残念ながらそれは叶わなくなった。」

「えっ？　どういう事です？　ホワイティは無事なんですよね？」

「ああ、無事だ。だが、全く無傷という訳にはいかなかった。」

「どういう事です？」

「重度の屈腱炎《くっけんえん》を発症してしまったんだ。」

「く、屈腱炎…」

屈腱炎とは、右前脚の上腕骨と肘節骨をつなぐ腱が断裂する〝競走馬の癌〟ともいわれる不治の病の事で競走馬生命が失われることが多い病だ。

「それなのにブラッキーに勝った。たいしたやつだよ、あいつは。」

「どうにかならないんですか？」

「幹細胞移植をしても予後は厳しいらしい。」

「厳しいって？」

「競走馬としては厳しいという事だ。」高梨はそう言うとため息を吐いた。

「そんな…」岸田は呆然とした。

「残念だが引退という選択肢しかなくなった。」

「引退…」岸田は大きく一つため息を吐き、「俺は、親友のみならず、ホワイティの生涯までも奪ってしまったんですか。」と視線を落とした。

「そうじゃないさ。ホワイティはお前さんのお陰で歴代最強のダービー馬になったんじゃないか。百年に1頭の名馬を蹴散らして、千年に、いや、万年に1頭の伝説になったんだよ。」

「先生…」岸田の目からは涙が溢れて止まらなかった。

「お前さんはとうとうホワイティの名を歴史に刻んだんだ。そして、お前さん自身も、天才岸田として復活したんだよ。」

岸田は、高梨にそう言われると感極まった。何よりもホワイティが生きている事を神に感謝した。

しかし、あれ程落馬や怪我を恐れていた岸田だが、いざそれを経験してみると、その痛みには些か途方に暮れたが、意外にもその恐怖感から解放された気がしていた。人は経験しないと想像が膨らみ恐怖心と嫌悪感に支配されがちだ。しかし、いざ経験してしまうと未知から既知に変わった事によって覚悟が出来るのかもしれない。

岸田がそんなことを思っていると、誰かが病室のドアを叩く音がした。高梨がそのドアを叩く主に入室を促すと、入ってきたのは意外な人物だった。

「失礼します。」そう言ってドアを開けたのは早見だったのだ。

「は、早見…」岸田は思わぬ訪問者に困惑した。

「具合はどうですか?」早見はそう言って見舞いのメロンを差し出した。

「何しに来た? ここはお前のような奴が来るところじゃねぇ。」岸田はそう早見の見舞いを突き返した。

「まぁそう言わずに。せっかく来てくれたんだ。」高梨がそう言って折り畳みの椅子を用意し、「で、どういう風の吹き回しかね?」と尋ねた。

「先ずは、ホワイティのダービー優勝おめでとうございます。」

「なんだ、嫌味を言いに来たのか?」岸田は電動ベッドの背を起こしてそう言った。

「まぁ、ドンさん。早見君だっていたずらにここに来た訳じゃなかろう。」高梨が言った。

「はい。今までの事を謝ろうと思いまして…」

「謝る? 何をだ?」岸田が問い返した。

「訳あったとはいえ、大先輩に失礼なことを言いました。」

「一体何のことだ?」

「弥生賞の後、岸田さんを糾弾した事です。」

「別に、お前が正しかったんじゃ……」

「いえ、聞いてください。」早見がそう岸田を遮ると、「皐月賞の時は正直〝性懲りもなくまたホワイティに跨って〟と思っていましたが、レースを終えて溜飲《りゅういん》が下がりました。」と続けた。

「一体何が言いてえんだ?」

「まぁ、聞こうじゃないか。」高梨が、せかす岸田をなだめた。

「父は、僕が競馬騎手になりたいと言った時、絶対に許さないと反対しました。僕はノースポイントファームを継ぐ立場だったので、落馬事故でも起こして怪我ならまだしも命を落としてはと思ったようです。落馬事故の怖さは、痛いほどわかっていましたからね。」

岸田と高梨は意外な話が始まったと困惑気味に聞いていた。

「でも、僕は子供心に、岸田さん、あなたの騎乗に憧れていました。いつも後方一気に追い込んでくる岸田さんの騎乗が、格好良くて格好良くてたまらなかったんです。僕はそんな岸田さんに憧れて親の反対を押し切って競馬騎手になりました。」

「何だって？　それじゃ、親の七光りで騎手になれたんじゃないと言うのか？」

「ちょっと待ってください。父はそういう狡猾な事が大嫌いな人です。寧ろ、僕が騎手になるためには、競馬学校を主席で卒業することを条件にされました。だから僕は必死に勉強しましたし、暇さえあれば馬に乗って駆けずり回っていました。それも全てはあなたの様な騎手になりたかったがためです。でも、そうしてようやく騎手になれたのに、いざ蓋を開けてみれば、僕の憧れのその人は、ミスター掲示板だなんてピエロを演じて、競馬を冒涜する人になっていました。許せませんでした。〝僕はこんな人に憧れたんじゃない〟と怒りがこみ上げてきました。」早見は気丈に話してはいたが、ついに感極まったのか声を詰まらせた。

「それでお前の俺を見る目が憎しみに溢れていたのか。」岸田は、悟ったようにそう言った。

「僕だけではありません。実は…」そう言うと、早見は「みんな、入ってこいよ。」と病室の外に向かって叫んだ。

すると、若手騎手を代表する5、6人の若者が入って来たのだ。驚いたことに、その中には良太も居たのだ。

「お前たち…」岸田は思わずそう口にした。

「僕は、シービークロスの引退レースで最後方から全馬ごぼう抜きにして優勝したあの騎乗に感動して騎手になりたいと思ったんです。」と、一人の若手が良太と同じ話をした。

「僕は、年中足元不安で休みがちなメジロエスパーダを、1年に一度出てきては必ず優勝させる岸田さんの騎乗に憧れて騎手になりたいと思いました。」別の若手の一人がそう言った。

「僕も実は岸田さんのミスター掲示板には不満だったんです。こんな人じゃない。どうしたら昔の岸田さんに戻ってくれるかと、早見さんとはいつもない知恵を絞り合っていました。」良太が嬉しそうに言った。

「お前たち…」

岸田の顔はぐちゃぐちゃになっていた。

「ダービーで負けたのは悔しかったです。でも、それ以上に真剣に競馬に向き合い、勝負にこだわる岸田さんを見て、僕がいつか憧れた岸田さんにやっと会えた気がして嬉しかったんです。そんなホワイティに負けたんですからブラッキーも本望です。」

「しかし、そのホワイティを俺は一生走れないようにしてしまった。」

「いいえ、ホワイティも本望だと思います。百年に1頭の名馬がいる世代のダービー馬の称号を自身の競走馬生命と引き換えに手に入れたのではないでしょうか。これは末代まで語り継がれる伝説になりますよ。」

「でもこれからはブラッキーの独壇場だ。菊花賞も有馬記念も、それこそ来年には天皇賞やジャパンカップも、ブラッキーは益々百年に1頭の名馬を地で行くことになる。」

「はい。ブラッキーは今後引退までのレースで絶対に負けません。」

「ほぉ、こりゃまた大きく出たな。」岸田はやっぱり早見はいけ好かないと思った。

「誤解しないでください。ブラッキーが負けないのはホワイティのためでもあるんです。」

「ホワイティのため?」

「ええ。ホワイティは、ブラッキーを負かした唯一の馬でなければなりません。そうでなければホワイティのダービー馬としての名声も、ブラッキーの史上最強馬としての威厳も損なわれてしまいますからね。」

「おまえ、そこまで…」岸田は早見のその言葉を聞いて自分を恥じた。

「早見君、ありがとう。是非、今後のレースではブラッキーの桁外れな勝利を頼むぞ。」高梨が言った。

「はい。岸田さんも早く元気になってください。」

「お前がそんな気持ちでいたなんて、正直、思いもよらなかった。」

「僕たち若手騎手にとって岸田さんは伝説なんですよ。いつかきっと僕たちの憧れの岸田さんに会えると信じていました。早く怪我を治して、今度は〝ミスター掲示板〟ではなく、〝天才岸田〟と勝負できることを楽しみにしています。」早見がそう言うと、若者たちも笑顔を見せた。

「みんな、ありがとな。そして今まではすまなかった。俺もこの機に昔の自分を思い出してみるよ。」

「わかって頂いてよかったです。じゃこのメロン、やっぱり置いていきますね。」そう言うと早見は涙をぬぐいながら笑った。

早見たちが病室を後にすると、岸田ははばかりなく嗚咽した。孤独だと思っていた。誰も自分を認めてくれる者などいないと思っていた。こんな落ちぶれた自分でも復活することを期待してくれている奴がいた。自分を孤独にしたのは実は岸田自身だったという事を若手に思い知らされた気がした。岸田は、もう〝ミスター掲示板〟はやめようと誓った。勝てないとわかっていても、勝つために最善と全力を尽くすべきだと悟った。ホワイティと巡り会い、ホワイティの強靱な勝負根性によって恐怖心を克服することができた元天才騎手は、名実ともに本来の自分の姿に戻りつつあった。そして、岸田にはもう一つ心に決めたことがあった。それは、怪我が治ったら真っ先に明美を、いや、かおるを迎えに行くことだった。岸田は、ホワイティ同様、かおるにも散々な憂き目に合わせてしまっていることに気が付いたのである。

暑い夏が終わると、岸田の怪我も寛解し、また秋のＧⅠ戦線が始まった。ホワイティが不在となった今、世間ではブラッキーがどこまでＧⅠを連勝していくのか、どれだけレコードを更新していくのかという事に関心が集まった。早見はホワイティのために今後ブラッキーが出走するレースは絶対に負けないと豪語していたが、そうでなくても過去全てのレースでブラッキーとホワイティは3着以下に15馬身以上もの差をつけてきたのだから、同世代同士なら常識的に負けよう筈がない。強いて言えば、年が明けて古馬になってからの異世代との対決がどうかだが、それとて2歳で既に古馬のレコードを書き換えているのだから、それも杞憂に終わるのは目に見えている。

現に蓋を開けてみれば、ホワイティに土を付けられて以来のブラッキーはそれこそ、ひと皮もふた皮も剝けた希代のスターホースとなっていった。初めて3000メートルという長丁場を走る菊花賞。下馬評では3000メートルという距離が唯一の弱点なのではと危惧されたが、走ってみればトウホウジャッカルの3分1秒0のレコードを破るどころか、不可能と言われた3000メートル初の2分台、2分59秒7という驚異的なレコードであっさり駆け抜けた。そして迎えた有馬記念。ゼンノロブロイのレコードを14年ぶりに書き換え向かうところ敵なしだ。まるで、過去のどの歴代の3冠馬よりも偉大な3冠馬になるはずだったものを、ホワイティの存在でそれを阻止されたうっぷんを晴らすかのような快走ぶりだった。

年が明けてのブラッキーは、春の天皇賞を皮切りに、続く宝塚記念、夏を北海道で休養し秋の天皇賞、昨年と一昨年のフランス凱旋門賞勝ち馬が参加したジャパンカップをも快勝し、引退レースとなる2度目の有馬記念を、昨年、自身が書き替えたレコードを更にコンマ5秒縮めて、公言通りダービー以降のレースを全て勝ち進み、名実ともに百年に1頭の名馬となった。一時は競馬の最高峰と言われる〝フランス凱旋門賞〟に挑戦しようという案も持ち上がったのだが、ローテーションや背負わされる斤量の問題などを考慮して見送られた。最も、前年度と前前年度の凱旋門賞馬が参戦したジャパンカップでその馬を蹴散らしているのだから、無理に挑戦せずに種牡馬として第二の歩みをという世論が大半を占めたのも出走を取りやめた理由の一つだった。ただ、やはり唯一悔やまれるのは、ホワイティに敗れた日本ダービーだった。しかし、だからこそブラッキーのイメージが悪役にならずに済む一面もあった。そう考えてみれば、百年に1頭の名馬が同世代に生まれてきてしまったという不運を味わったのはホワイティだけではないのかもしれない。史上最強馬となりながらも、3冠馬という最大の称号を逃したブラッキーも大きく運命を翻弄された1頭だ。しかし、その強さは不動のものとなり、その最強馬を日本ダービーという最高の名誉あるレースで破ったホワイティの名声もますます高まっていったのである。加えて、ホワイティの日本ダービー優勝には数々の塗り替えられた記録が付きまとった。一つは、ダートでしか勝ったことがない芝未勝利馬によるダービー制覇。1勝馬によるダービー制覇。そして、芝2400メートルの世界レコードだ。恐らく、日本ダービーでホワイティが負けていたら、ホワイティの名は次第に忘れ去られていく運命だったに違いない。そして、岸田はいつまでも〝ミスター掲示板〟として競馬を冒涜する騎手生活を送らなければならなかったのかもしれない。
百年に1頭しか生まれてこないはずの名馬が、同世代に2頭生まれてきてしまったという残酷な運命は、二人の天才騎手と彼らを取り巻く人々によって、共に後世に語り継がれる名馬の伝説となりつつあった。

時は過ぎて2023年夏、ホワイティが引退して4年、ブラッキーが引退して2年半が過ぎた。岸田と高梨は例の如く札幌にいた。以前と違うのは、岸田の傍にはかおると無邪気に走り回る男の子が居るという事だ。高齢出産を乗り越えて念願の一粒種を授かったのである。勿論、高梨と夜のすすきのを徘徊する事は今はない。札幌遠征の目的が、すすきので羽目を外すことから、競馬場で勝利をもぎ取る事に変わったからである。そして、明日は5年前にブラッキーが衝撃のデビューを果たした新馬戦が行われる日だ。そのレースにデビューする若駒の中には勿論ホワイティとブラッキーの仔がいる。ブラッキーの仔には早見が、ホワイティの仔には岸田が跨る。そしてもう一人、意外な人物が鞍上を務める。苦労の末にJRAの騎手免許を取得した小林良太だ。こうして人も馬も血を受け継ぎ新たなドラマをつくり上げていく。競馬は単に強い、速いというものではなく、それは人のプライドと魂が込められた偶像でありロマンなのだ。そして今日もまた、未来のスターホースを夢見てデビューする若駒たちが、黒白を決する戦いの為に緑のターフという戦場に向かってゲートを飛び出していく。

著者プロフィール

池田 孝一（いけだ こういち）
東京都出身、63歳。

黒白《こくびゃく》の時

2022年 3 月15日　初版第 1 刷発行

著　者　池田 孝一
発行者　瓜谷 綱延
発行所　株式会社文芸社
〒160-0022　東京都新宿区新宿1－10－1
電話　03-5369-3060（代表）
03-5369-2299（販売）

印　刷　株式会社文芸社
製本所　株式会社MOTOMURA

ISBN978-4-286-23452-6